凡尘磨镜录

苏迅—— 著

天津出版传媒集团

百花文艺出版社

图书在版编目（CIP）数据

凡尘磨镜录 / 苏迅著. -- 天津：百花文艺出版社，
2023.4（2023.8 重印）
ISBN 978-7-5306-8505-1

Ⅰ. ①凡… Ⅱ. ①苏… Ⅲ. ①长篇小说–中国–当代
Ⅳ. ①I247.5

中国国家版本馆 CIP 数据核字(2023)第 038724 号

凡尘磨镜录
FANCHEN MO JING LU

苏迅 著

出 版 人：薛印胜　　选题策划：汪惠仁
编辑统筹：徐福伟　　责任编辑：李　跃
美术编辑：郭亚红
出版发行：百花文艺出版社
地址：天津市和平区西康路 35 号　　邮编：300051
电话传真：+86-22-23332651（发行部）
　　　　　+86-22-23332656（总编室）
　　　　　+86-22-23332478（邮购部）
网址：http://www.baihuawenyi.com
印刷：天津新华印务有限公司
开本：900 毫米×1300 毫米　　1/32
字数：120 千字
印张：6.25
版次：2023 年 4 月第 1 版
印次：2023 年 8 月第 2 次印刷
定价：40.00 元

如有印装质量问题,请与天津新华印务有限公司联系调换
地址:天津东丽开发区五经路 23 号
电话:(022)58160306　邮编:300300

> 玉，石之美。有五德：润泽以温，仁之方也；鰓理自外，可以知中，义之方也；其声舒扬，尃以远闻，智之方也；不桡而折，勇之方也；锐廉而不技，絜之方也。
>
> ——《说文解字》

一

正如多年之前祖母所担心的，家骝摩挲着一枚白玉印章，这古玉随身佩戴近二十年，吸收人的热力与津泽，玉质已经熟透，包浆已经莹润，沁色也转化成桂花黄。家骝取出西泠印社特制八宝印泥，扶正紫檀印规，在玉版宣当中位置均匀打下鲜红的一枚印蜕，接着取出棕老虎、扑包、连史纸，准备为玉印做全形拓片。在这个时候，他想起了少年时代的某个礼拜天，天气陡然有点燠热，还是午后的时光，轻轻敲响虞老师家大门。门开了，虞老师闪身把他让进去，反手将门闭合。他们已经很默契，不需要多余一句话。

两人还是面对面坐在进门的那间屋,房间方圆不过十平方米出头。家骝把斜挎的帆布书包拨正,转到两腿之间,弓着腰解开铁搭扣,捧出小布包轻放到四仙台桌面中央,然后逐层翻开紧裹的包袱皮。

　　虞老师忽然有几分钟没说话。二十余件玉器摊开摆放在桌面之上,有的斑斑驳驳,有的白如粉琢,虞老师逐一捧起来,拿在掌中把玩。看了几件,他忽然微笑起来,不住点头,又过一会儿,忽然似乎变得忧伤,有点气馁的神色,最终,看完了所有玉,把最后一件放回原来的位置。

　　家骝紧抿嘴唇,双手握住书包边角,眼光随着虞老师的指掌移动,等待虞老师发话。

　　这些玉器不可能是近年购置的,这是很讲究的收藏,只有我们那个时候才有的讲究。这些东西的气息,真的是久违了。虞老师没有点评,却先发了一通感慨。他说得完全正确,这包玉器,正是当年祖母偷偷传给家骝的。这些年,家骝玩着玉,跟行家们学着门道,多少是具备一些眼光的,慢慢也能感觉到这批玉器的意义。尤其跟虞老师交往之后,家骝的见识和审美更是突飞猛进,越发明白这批东西的难得。但要说到精确断代、判断器物价值之类,他则尚欠火候,尤其缺乏对于市场的领会。

　　老师您说得对,这些玉器是祖母传给我的,应该是家中祖辈遗留之物。家骝对虞老师和盘托出,今天是诚心求教来的。

你别看不过二十几件玉器,这批藏品却分三个类型:这里面有属于"古玉"范畴的西周小鱼、东周廓纹小系璧和汉代玉蝉、剑珌……一边说,虞老师把这几件移近一堆。

然后,他又接着往下说:这些是我们那个时候所谓的"旧玉",虽然达不到"古玉"年份,但比一般明清玉器旧气,说穿了,就是隋唐宋元时期的玉器乃至部分明清仿古玉器。这里面的情况就复杂了,由于宋代流行仿制汉代式样,明代又流行仿制宋代玉器,而清代其实也时兴仿古玉。因此这类"旧玉"就包罗万象,这个类别很有玩头,很考验鉴赏家眼力。说完,他抬手把玉兔、卧马、鳜鱼、凌霄花透雕珮等五六件归并到一起。

这剩下的十几件,白玉子冈牌、青白玉灵芝珮、圆雕刘海童子、马上封侯……就是清代玉器,质料上乘,工艺精细,也属入得流品的玩意儿。

家骝接口问道:老师,这些清代玉器我祖母说是"乾隆玉",您看能够到代吗?

虞老师听他问"乾隆玉",不禁流露出一丝扬扬得意,说:这问题你要问别人,在这个城市里,我敢说没有人能答得出来,没有人能够真正说得清楚。今朝侬问着阿拉,算侬问对路嘞嗨——虞老师忽然蹦出一句标标准准的上海话来,像在演滑稽戏,听得家骝差点笑出来。

我们那个时候,对于明清玉器,认为只有一类是价值比较高的,那就是"乾隆玉"。你不要以为清代中期制作的玉器都可以称作"乾隆玉"的啊,这个称谓说到底不是中国人自己兴起来的,而是西洋收藏家首先这么叫的。自从鸦片战争以来,列强蚕食中华,西洋收藏家纷纷来中国搜罗古玉,最看重的就是清代中期造办处和官办作坊制作的宫廷玉器,这些玩意儿本来就是为宫廷和王府巨宦之家制作,从选料到工艺,那自然都是上乘,精中选优,不惜工本,从古至今那都是贵的呀。因此我们中国的古玩行里就产生了专门做洋人买卖的洋庄,很多人更是投其所好专门仿制"古玉"和"乾隆玉",倾销给这些洋人,在清代晚期和民国年间,这就是著名的"洋庄货"。会看清代玉器,就必须明了正宗"乾隆玉"、民间玉器、"洋庄货"三者的区别——讲到关节处,虞老师顾不得家骝,他自己都刹不住车了。多少年缺个知音赏,没人跟他一道"奇文共欣赏",今天好不容易凑到个用心的好听众,一股脑儿说出来,显摆一下,多少畅快,比喝一杯冰镇酸梅汤还痛快!

　　那就相当于官窑瓷器跟民窑的区别,"乾隆玉"其实是专指官窑,贵重也就事所必然。家骝冷不丁插了一句。

　　虞老师激动得拍了桌面一掌:是这么个意思,你脑子够快,有悟性!

　　那么,老师,眼前这些清代玉器,能够称得上"乾隆玉"吗?家骝把话头又兜回正题。听虞老师讲了这么多门道,心知这"乾隆玉"如果遍地都是的话,可绝不现实啊。

果然,虞老师开门见山了:这里面,除了那件阴刻御制诗白玉墨床够得上"乾隆玉"标准,其他的就都只能说是清中期玉器,不过也够得上民间精品,对"乾隆玉"算是手追心摩,得其仿佛了。

家骝捧起那架白玉墨床。这墨床一玉整雕,长约三寸,宽不及两寸,高度一寸有余。床面长方,上刻隶书七绝一首:"盘陀松下坐听涛,箕踞科头逸兴豪。携得焦桐何必鼓,高山流水自然操。"另刻落款"乾隆御题"四字,下押一方圆印,印面镌刻着平行的三道横线,这三十二个小楷隶字,娟秀得跟写上去的似的,笔笔见锋,但是墨床整体却十分简洁质朴,让人感觉貌不惊人。

虞老师指着那个圆印章问家骝,可知道这代表什么意思?家骝自然无从知悉,老实地摇头,虞老师告诉他,这三条横线代表《周易》八卦里的乾卦,这个圆形的"乾"字印章,是乾隆皇帝常用的印鉴之一,多见于清宫旧藏书画和古籍之上。

虞老师说:乾隆这个人有时候确实是过于喜欢堆砌浮夸,似乎流于艳俗,但他是皇帝呀,号称"十全老人",前不见古人后不见来者,自然必须要端着架子,这也是没办法的事情。想要拿艺术点缀升平,又不能倒了他大佬倌的架子,他所倡导的艺术必然只能富丽浮华,也属正常。不过这样一个文武全才、江山在握的人，审美上总有其过人之处的，他的艳俗之中毕竟还是有堂皇雅正的意蕴存着，还有淳厚闳大的气势在那里，这就是一个时代的气韵，它是无处不在的，从这架小小的墨床就看得出来，两个字：不凡！

家骝对虞老师的敬佩之情溢于言表，说：老师鉴定玉器可谓手挥五弦，目送归鸿，真有天人之姿。这两句话是家骝在古书上看来的，在他的默念之中早已安在虞老师身上很久，今天自然而然从嘴里溜了出来。虞老师倒谦虚起来，道：什么行云流水挥洒自如，不过是熟能生巧而已，你读过欧阳修的《卖油翁》吗？大凡技艺，都不过"惟手熟尔"。你不要看我现在家徒四壁、居无长物，我们那个时候，我收藏的古玩也称得上车载斗量，足可惊艳申浦。说到这里，他忽然自动住了嘴。

本来，家骝想追问一句：老师所说的"我们那个时候"，到底是什么时候呢？看虞老师保养得好，不过也总有四十开外了，若要说到正当年，那大致应该在二十年之前，就应该要到旧社会年间。但见他一时刹住话头，又不好再问了。

这天虞老师似乎有很多的感慨，或许是这些玉器引发了他对于往日的回味和追忆，又或许是对于所面临局势的某种不安和困惑。

二

那年家骐"抓周",攫进手里的居然是一件玉扇坠,你说长大了会不会是一个白相人呢?这话祖母经常要拿出来求证,貌似一个长期的悬疑,开始的时候是在心底里自问自答,如此悬而未决许久,便成了心口相问。初始可能确实含着某种担忧成分,可说着说着,就成为一种习惯,甚至慢慢衍生出了另一番打趣的意味来——这一切自然没有人能够给她答复,十年八年之后方得见眉目,那是多么遥远的事情,又不是未卜先知的仙人,现在谁能说得准?再说这些年,连资产阶级也都被改造过来了,都成了光荣的劳动者,还哪里去做白相人呢?

秦家也不同往昔了,这些年外面的喧嚣变迁、日新月异似乎尚未惊扰到里面的安定,可是时代毕竟是不同了呀,哪家又能够真正与外界不相涉呢。尤其经过三年困难时期,当初那些摊开在红木台面上敲着"笔锭如意"戳子的小银锭子、老凤祥手工精制的赤金小算盘,又或三寸高、两寸阔的袖珍线装书,花的花掉了,放的放忘了,这些年似乎一下子从这个家里面消失殆尽了。祖母是清楚的,当了几十年的家,这景况自然是一步一步在走向窘迫,说窘迫可能不十分恰当,实质是缓慢地向平民生活靠拢。而这缓慢其实却是令她暗自满意的。这趋势不是从新中国成立那年才发端,民国十六年祖父远赴两广做生意,回程时暴病亡故,从那个时候便已经开始了。兵荒马乱的年月,上有老下有小一大家子人,十来张嘴要吃饭,要念书,要嫁娶,有三灾六病,有人情往返,可不就是吃利息,再后来就是个卖,就是个当嘛。幸亏那年祖母果断将缠足的绑带烧了,彻底放了足,那脚日后竟渐渐恢复为天足,两只大脚板才能够带着她躲避战乱下乡逃难,为整个家庭里外奔波。那年月,中年丧夫也是来不及过分悲凄,先是军阀混战,后来东洋鬼子杀来,真叫人心惶惶、鸡犬不宁,好不容易熬到东洋鬼子投降,紧接着又乱过一阵,秦家真正的伤筋动骨反在这一阵里。上海银行里存着的那点压箱底的金条、银圆,都响应政府号召换成了金圆券,结果,都折了。再后来,好了,新中国成立了。好在儿女们还争气,都读了点书,当教师的当教师,当医生的当医生,只有最小的儿子,就是家骝的爸爸,家道艰难没读成高中。上完初中就出去学徒,原在五金行当店员,新中国成立后五金行公私合营,成为机械厂的一个门市部,他也就顺理成章成了国有工厂的正式职工。好在都有一份谋生的职业,各自在单位也都不算出挑,自食其力吧。

祖母手上那点私房银子,每逢子女成家、立业,就逐步贴补填置一点进去,细水长流地、波澜不惊地浸润各家的烟火生涯。到这第七个孙子出生,外面已是一片全新世界,欣欣向荣、喧喧腾腾的,可要说到秦家的内里,却终究是走到了强弩之末。祖母心中却有另一番打算:依眼下的成分政策,这一家人倒跟剥削阶级毫不沾边,都是石骨铁硬的劳动阶级。每每想到此处,她甚至还有点庆幸的心理,幸亏换金圆券那阵把老本都赔光,这人要是没铜钱来撑腰就终归是气不壮的,新中国成立之后她可不就一直是低眉顺目、低头伏小嘛。后来,她学了一句时髦的话,叫作:"混同于一般"。

这么多年来,这家人忙忙碌碌进进出出,跟周围平房里的人家也没有什么分等。他们像一群蚂蚁似的,总是按着一定成规的线路进退,只顾低头做工、吃饭,平时都话不多,因此也就没结过什么冤仇。尽管依旧住着自家的青砖楼房,好在子女众多啊,女儿早早就出了嫁,四个儿子除老大在上海工作,后来在那里安了家,其他三房都挤在这一栋小楼里。儿子们新中国成立后都是另立了户口,因此这两层楼里连祖母一共倒有四张户口本。几十年风雨泥途,让祖母变得务实也豁达,她说自古婆婆跟儿媳妇就是天敌,在一个灶台下讨生活,与其弄到生出嫌隙再分家,还不如早早分开,唯如此或许还可能做到各自为政,如宾如客。平日各家分别开伙,于是厨房就不敷使用,她跟一个儿子家合用原来的厨房,另两个儿子就分别占据大门左右两侧阳台下的外廊,拖进来几板车红砖,两面砌墙,一面加门,又增添出两个狭长的厨房。各房分别生出子女们,这房间又不够用了,连阁楼和楼梯间都隔打了分派给孩子们。这栋洋楼,就是外观上也成了红砖加青砖的杂色楼,像特意化过妆,在街巷弄堂里已经再也没有资产阶级的特征，跟众多新中国成立以后进驻住户的大杂院，没有任何分别了。

外人不会明白，这楼从外观上看是杂乱了些，可说到底住的毕竟是一家人，很多内在的东西依然是有章可循、清晰明了的。别的不说，推开大门进去，旧日陈设在客厅里成堂的雕花红木桌椅那是早就变卖了，虽说降格为榉木家具，素净是素净了些，可几十年下来那些桌椅板凳的摆放位置，却也不曾有过丝毫错位，一切都合着往日的陈规呢。你若打开各房的主卧室，那些精致的苏式红木家具可不还在角落里散落着，仍旧坐着人的嘛，那些罩着清漆的雕花柚木西式床、儿子结婚时候添置的进口铜架子床还是一尘不染，地上铺的打蜡地板也是纹丝未动，晚上开了灯，依然可以照得出人影来。尤其是二楼东面祖母的房间，那张原本安放在一楼书房中的条案，现今靠窗摆着，原本上面陈设的镏着金片、配着紫檀座子、按着雕花盖子的大宣德炉是早就消失了，取而代之堆放祖母拆剪改制衣裤的散碎布料和针头线脑，有几个人能看明白，这是一件线条简约的明式黄花梨古董家具呢？五斗橱上的瓷花瓶，祖母经常会在楼下花坛里剪枝蜡梅或者连梗拗几朵山茶花插上，因为这花瓶也不高，才刚刚够一尺的样子，特别是上面没有龙啊凤啊的花纹，这是只松石绿的一色釉蒜头瓶。她要不说，你不翻过来看底下，工工整整用青花料写着"大清嘉庆年制"篆书官窑款，是怎么也想不明白这样莹亮得跟新货似的一件瓷器,竟然在民国初年就要了十五块大洋。

这个家啊,说是早就破落了,衰败归衰败,可楼上楼下箱笼抽屉里随便翻翻,银角子、玉坠子还是随处可见,清代线装书和民国年间的精装书、《良友》杂志之类可不还成捆成堆在阁楼顶上放着的嘛。这样的人家,在时代的洪流里不显山不露水,可生活自有另一番活泛。而人的精神面貌,则更是硬朗,因为这一大家子的人,包括儿媳女婿,都是现今社会上最硬气的劳动阶级新人,就更不用说这些出生在新中国成立前后,第三代的娃娃了。

三

祖母喊家骝的时候,家骝背着帆布书包正准备出门。

陈耀祖跟他自幼儿园起,到小学、初中都是同班。此刻,陈耀祖推着他爸爸那辆 28 寸菲利普自行车,两条腿叉开跨在横档上,车身向一面倾斜,他只要脚尖稍微一跻,就完全能够控制住这架灵活的铁家伙了。陈耀祖上半身几乎趴在"龙头"上,探头往门里面张望,掰动车铃杆——那尖锐金属声,就是太平世道里少年迫切浮动的心,带着点雀跃的成分。这种家庭出来的孩子,断然不会在人家门口大喊大嚷,掰一记车铃就是他们行为的极限。他的肋下,也挎着同样一只黄帆布书包。

　　在身边的这四个孙子中间,祖母偏爱家骝,这点不仅伯母们和母亲知道,家骝自己也知道,但是祖母从来不予承认。其他几个大的虽然同在一个屋檐下,可唯有他是从小由祖母亲手照料的。这一大家子人里,只有家骝的父母是企业工人,常年上夜班,晚上一个大人在家带两个孩子自然就顾不过来。当初是祖母主动提出,家骝断了奶就由她来带。开始的时候婴儿桶跟祖母的床并头放,后来家骝就跟祖母睡一张床,四岁以后,家骝跟祖母分头睡。冬天家骝抱着祖母两只冰冷的大脚,那十个脚指头上都是粗糙的石灰指甲,最后的两个脚指头由于变形深深嵌进脚掌心里,因此这脚的正反两面都长着石灰指甲和老茧,像把笨拙的锉刀。祖母问家骝:乖团,嫌不嫌弃亲娘的脚扎人啊?家骝说:亲娘的脚搽了蛤蜊油,是香的。祖母快活得不得了,脚指头伸进家骝灵敏瘦薄的胸口挠痒痒,祖孙两个的笑声就会在楼里响起来。这楼修建时候用的都是实心实料的好砖瓦好水泥,匠人没偷一丝懒,墙体和水泥地板手指一敲梆梆响,夜深人静时候在屋里说话都是有回声的。白天祖母跟其他老人一起孵太阳的时候就说:我家家骝是真孝顺,日后肯定是个有出息的,就不知道我有没有福气看到那一天啊,怕只怕到那个时候我骨头都黄了。大家都不由陷入一阵沉默,过了片刻,街坊老人接着祖母的话头说道:家骝这孩子脾气好,人缘好,每天放学回来一路上阿公阿

　　　　　　　　　　　　　　　　　凡尘磨镜录

奶叫得欢实,大家都喜欢他,这样的好孩子自有神佛护佑,将来一定错不了的。秦家婆婆,你是福气人,等着抱重孙子吧。听到"重孙子"这三个字,祖母就不管笑不露齿的古训了,连声答谢:承你吉言,承你吉言。她的牙当时已经掉得差不多了。家骝到上小学才从祖母房里搬出来,到阁楼上跟哥哥一起睡,但祖母的房间自始至终只有他可以随便出入,这话从没人明说过,但所有人却好像都明白并且觉得本该如此。

祖母叫家骝帮她生了炉子再走。家骝哦了一声,把书包递给陈耀祖,反身进去。

陈耀祖把书包往斜挎里一兜,两个书包就重叠在一起。他索性从车上跨下来,把自行车撑脚支好,走上前,清清脆脆叫了声阿婆。祖母戴着老花镜坐在门里边,拿着镊子给烫好的三黄鸡拔腻毛,叫陈耀祖进去坐,说家骝手巧,生个煤炉几分钟的事,不耽误他们出去玩。

祖母知道,陈耀祖家在后西溪。后西溪临街有二三十幢花园洋房,民国以来即是本市最好的住宅,门墙高阔,一色的三层青砖楼,称得上豪奢。而秦家所在的新生路一带虽然洋房众多,一度号称富人区,却由于位处闹市中心,地皮历来紧张,这里的洋房就鲜有独门独户带花园草坪的,且建筑规模也相形见绌。早年间,后西溪所住的都是民国之后暴发的商贾之家,而新生路住的则是更老牌的那些富户,这两个片区的人家就有点先天的抵对,很长时期好像有点互相看低的意思,实则各自在心底均存着敬畏,只是不好意思首先表达出来而已。现在好了,新中国成立了,这些陈年往事,不堪再提的了。第 个"五年计划"将要完成的那年,城市大发展,政府拓宽新生路,拆除了两边不少民居,涉及的主要是临街的洋房。马路建成之后,新生路面貌就完全改观了,临街显现出来的多半是低矮平房,残存的很多洋房因为不成片不成景观,散落在各个时期的民房之间,原有的腐朽特性几乎完全被掩盖起来。或许正是因为此,祖母反而觉得心安。要说后西溪倒也离秦家不远, 只隔开两条马路或者沿着老护城河兜一个扇形就能到,可如果抄小路,穿过三段弄堂其实就能从秦家的背弄斜插出来。如果像陈耀祖这样有辆自行车,就更快了,也就五六分钟的事。

陈耀祖的父亲原是一家纺织机械厂的小股东,早年留学德国学的机械,长期在厂里担任厂长,新中国成立以后除了职位变成副厂长之外,其他似乎没什么改变。他家还是住着后西溪的花园洋房,吃着定息,即便是困难时期,每个月也总能收到从香港邮寄过来的奶粉和罐头,一家人的气色是一点也没折损。这孩子像他父亲,长得圆润饱满,言谈举止也很周正规矩,是好人家的风范,所以祖母历来不反对孙子跟他交往。陈耀祖走进门就着一张矮圆凳坐下,他知道孩子的凳子一定不能高过大人坐的,看祖母的手在阳光里抖动,无名指上只套着一枚窄窄的韭菜边细戒指。祖母笑着看他一眼,跟看家骝一个神态。

祖母问:今天你们去哪儿玩啊?陈耀祖说:每个礼拜天工人文化宫都有集邮交流会,我们去交换邮票。这个时期城市里中等以上家境的孩子,多半喜欢集邮。不知从什么时候开始,集邮这一爱好似乎跟学习科学和历史知识、热衷参与集体活动之间产生某种必然的联系,集邮甚至在学生中间成为一种精神面貌积极向上的象征。

祖母和陈耀祖听见家骝打开后门,把炉子拎了出去。家骝将炉门朝着风向打开,在炉膛填入几片薄木柴,塞一团报纸进炉门,然后双手兜拢,在掌心里划着了自来火。火苗从报纸蹿上炉膛,木片迅速发出焦枯的气味,炉子上方腾出一股青烟。家骝拿一把火钳夹煤球,一个一个撺进炉膛,煤球松松地堆积,木柴的火就又转变成为煤球的火,青烟逐渐消失。放进十来个煤球,炉膛已经殷红一片。家骝把炉门封上,将炉子拎进来,司必林锁"哒"的一声轻响,后门关上,紧接着就听到自来水一阵声响。

家骝跑出来:亲娘,炉子生好了。

祖母的鸡也拣净了,抬头对家骝说:下午早点回来,今天亲娘帮你拿砂锅独吊鸡卤,当点心吃,好好补一补。祖母的喉咙眼儿里嘿嘿笑出几声,神情有点古怪,家骝的脸唰地红了。

祖母转过脸来又问另一个:耀祖这半年身量蹿么高,肯定也吃过童子鸡了,对不对?两个孩子都抿嘴偷笑,甩身就跑。

祖母刚想再叮嘱上几句，两个孩子跃上自行车，一阵铃响，早已转过弯，驶出弄堂了。

祖母在心里说：这日子可真是禁不起过啊。

四

家骝从小就听说自己"抓周"是抓了件玉器，总喜欢盯着祖母膝里问到跟，六岁头上祖母就将那件白玉扇坠翻出来，用丝线穿好了，给他贴肉挂着。那玉佩戴了几年，从原本的干涩黯淡变得油光锃亮、光彩熠熠，家骝兴奋极了，举着玉满屋子询问缘由，伯父伯母却都不说话。他把家里箱笼抽屉里能找到的零碎玉坠子、玉花片都归拢来，放在一个红木匣子里，不时拿出来看一看。

小学六年级那年，祖母趁家里没人，把家骝喊进房里，关上门，从不知哪里取出个小布包，在床上摊开来：里面居然有一堆玉器。家骝从来没有见过这样精美圆整的好玉。

祖母说：这些，现在都是你的了！藏在别人找不到的地方，千万不要被他们发现——刚说完"他们"，怕家骝不明白，祖母拿手指点点门外面，紧盯着再告诫一句：任何人，也不许说。祖母睁圆的眼珠和鼓起的腮帮子，描画出一副疑虑重重

凡尘磨镜录

的神情，又含着些快乐。

家骥双手揣着布包开门出去，祖母忽然低低道：你可别忘记，你还有一个哥哥呢。她当时的神色十分郑重，这话当时家骥没有完全理解，但他记得祖母的话也记得祖母的神情，任何人都没告诉。但凡这种大家庭里成长的孩子，都是从小会有点心眼儿的。这个家里这么多孩子，毕竟家境尚属宽裕，每个孩子都有各自的箱橱，挂着锁头，每个孩子都封存着各自的成长秘密。家骥从小乖巧，不同的场合应对不同的人，说话从不露馅。

上中学之后，家骥的零花钱除了买邮票，经常会在集市上买一两件小玉器，有时候是拿邮票跟别人交换，回来就在家里炫耀，甚至拿给伯父伯母看，向他们请教这玉器的成色。

父亲说：这孩子，骨头轻了。祖母到这种时候却从不言语。

这些玉器放到红木匣子里归置在一起，有点琳琅满目的感觉。一个人独自在房里的时候，家骥便打开祖母赠予的布包，跟匣子里的玉器一起摩挲研究一番。后来买进的数量已经不少，家骥偶尔将一两件祖母赠予的玉器掺杂其间拿出来现宝，除了祖母之外，大人们也无从发觉。实则家里传承的玉器比外面购买回来的要精致很多，但是家境的下沉加上时代的变迁，上一代人已经缺乏鉴赏的启蒙，让他们不可逆转地消解了老辈的生存能力，同时也丧失了审美能力。有时二伯父也跟他凑热闹,对着藏品评说嬉闹一番,眼光比地摊上那些商贩更趋于低下。

家骝说:以后考大学要读考古,将来当个文物专家。父亲说:别的孩子理想都是要当人民教师,当科学家,你倒好,要当古玩家了,新鲜!

家骝道:不是"古玩家",是文物专家,博物馆里上班的那种,文物专家也是科学家。父亲就只好不吭气了。

近来家骝总是摆弄玉器,有时候捡了"漏",买到了物美价廉的玉器,还跟哥哥姐姐们描绘市场里那些生意客的言谈举止,以及跟他们之间的斗智斗勇、随机应变。从这些绘声绘色的情节里可以发现,他不再总是跟陈耀祖一道了,有时候是两人在场,很多时候是单独应战,他的同伴可能对于玉器的兴致没有邮票高,而他其实很少提及集邮的情节。他的话语中不时出现很多新人,如"小苏州""老法师""大魁""白皮",经常是买了甲的东西,因此牵出乙,由于乙的价格实惠、为人义气,因之往来和交情又很快胜过甲。他的"朋友"圈子在变杂变大,变得不可预计,甚至有点不可捉摸。家里三代人,除了祖母之外,下面两代人里可没出过这样的人。上一辈的大人,都多少有点莫名的惊异,各自在心底回忆"抓周"时候的景象,因为祖母不响,他们嘴上谁也不说。祖母却在心里想,再乖巧温顺的孩子,终归也是要长大成人的。

对于这种境况,祖母的心思是复杂的,她盼着家骝快些长大成人,好快些娶娘子,快些生儿子,她好抱一抱这个重孙子,那她的这一生就再也没有任何遗憾了呀!可是,不知为什么,祖母从心底里又有点怕孙子长大。自己男人暴亡时的情景似乎尚在眼前,这中间迭经了多少事情啊,大到国难当头,小到家里的波折,每每濒临断桥绝路、深渊末日,似乎再也迈不过去了,人背后流了多少泪,黑夜里爬过多少桥,信念只有一条,咬紧牙关,拼了性命也要活下去。子女们都没有成人,可不敢死。最终,一步一步挺过去了,熬过来了。现在回头看看,这大半辈子的行迹却似乎都已经变得影影绰绰,细想想好像并没有多少实质性的内容啊,这些事怎么就消耗了自己几十年的时间呢?甚至,当初让她流了无数泪的桩桩件件,现在回想起来,时常觉得稀松平常,还带着恍惚的特征。祖母甚至一度怀疑,这些影像到底是一颗垂老的脑袋里莫名其妙产生出来的幻觉,还真就是曾经发生过的事实呢,自己该不是得了痴呆症吧?如果说那些都真实不虚,可很多细节均告缺失,记忆如同江上舟、雪里篷,千疮百孔、处处漏风,现在连真伪她都无从考证。难道真像老话说的,万事虚幻,一切都是镜花水月?人这一辈子,到底是真实还是幻象?由回忆大半生的经历,祖母对人生的本质产生了怀疑,最后这质疑总是从虚空里又落脚到眼面前:这岁月如梭,如果真到孙子长大的那一天,自己可老成什么样了呢,自己还有命能看到后面的光景吗?多数是深夜或者凌晨,祖母每每在这样的纠结之中醒来,便会体味到一种彻底的悲凉。这个时候,她总会感觉到嘴里有一股隐隐的苦涩,拿清水漱几遍口也无济于事。她认为这是思虑所致,思虑伤肝,肝经主苦。踩踏过半个多世纪生活的艰途之后,祖母知道,岁月也总是给人赋予苦涩,那是时光伤到世人的肝。这种伤害是避无可避的。

有一回,母亲单独跟祖母在一起,对祖母说:家骢这孩子玩心太重,一会儿集邮一会儿玩玉的,将来会不会真的成了一个白相人?祖母一愣,看着母亲的脸,没应声。

母亲接着说:您看他那匣子里,快满满一匣了,还在买。祖母的脸色这才松弛下来,一笑,说道:那不是什么值钱玩意儿,三角五角的东西,不买这个也是买吃头、花费在游乐场里。你看那几个大的,零用钱哪个存下来了?只要不偷不抢不出去闯祸,你何必管小孩子怎么玩呢。

母亲想想也是,就不说话了,临站起身的时候,对祖母道:您总是回护家骢。

这时候,祖母再也忍不住,笑出声来,这话说到她心坎里去了,她感到很甜蜜。因为今天只有两个人在场,她抬起头白了小儿媳妇一眼,说:你这个人啊,可有良心?我回护的可是你的儿子。

五

后来家骝很少再到集市上去，几乎每个礼拜天都会跑到虞老师家里来，他终于是寻访到高人了。

每次见到虞老师，家骝似乎有说不完的话，有提不完的问题，而虞老师总是静静等他问完，粘住话头就往下讲，永远没有他回答不了的，永远没有他不知道的。每次见过虞老师，家骝都感觉很解渴，接着便有一种怪痒痒的感觉，在心里产生出一个幻觉：坐在虞老师位子上的是他家骝自己，他正在给年轻的求教者滔滔不绝传授绝技。尽管是由市场那根纽带，瓜瓞那样攀缘延伸，才得以发现形同隐居的虞老师，可市场里那些江湖老手如今在他看来，真是粗鄙得有点可笑了。

开头的几次登门求教，让家骝印象尤其深刻。他曾经抱着红木匣子，请虞老师指点，而虞老师只在匣子里轻微拨动几下，便似乎完全了然于胸，再也没肯动一下指头。他的兴味索然，让家骝受到了刺激，脸就像被炭火烤着一样。虞老师也敏感地意识到了自己不经意间流露出的骄傲，这骄傲足以刺伤少年娇嫩的情感。在他自身是举重若轻，而对于一个初交的访客，这样大而化之确有轻慢之嫌，便立刻约束住自己的心，端肃凝神，伸手从匣中拈出几件玉器来，一一排放到桌面上。

虞老师假装没看见少年那张火红的脸，免得他尴尬，虞老师望着摊开的玉器就开始说话：玉器这玩意儿吧，我们的那个时候，是只有汉代之前的才叫作"古玉"，唐宋呢，玉器罕见，很少有人单独研究。明清自古不分家，说穿了就是根本没有人真正将明代玉器和清代工器去明白断代，因为时代太近，且明清两代很多器型同时在制作，可怎么区分呢？故而，明清玉器被行里统称为"时作玉"，也就是不管你是明代玉、清代玉，都跟当下制作的新货同等标准定价，因此也就更加没有人会去计较这个问题。

家骝之前也听"老法师"他们常把"明清不分家"挂在嘴上，可从来没有哪一个说得清楚这话到底什么来由，今天才算得了个明白。其时风气改观，人们对于古物的追捧热情日渐趋冷，古玩这行业萎缩，市场里早已看不见真正有价值的古董器物。就像"老法师""小苏州"这些上了年纪的商贩，原本属于摇手鼓走街串巷收收老物件的角色，要放在民国年间，他们可不敢声称自己买卖古玩。拿虞老师的话说，他们的那个时候，古玩跟旧货可是完全不搭界的两个行业。不过话也说回来，现如今他们仍然没什么地位，不是说古玩商消失了他们就能堂而皇之出来顶替，他们还是潜藏和寄宿在邮票集市、二手家具市场、旧书摊位等纷繁复杂的领域里，半隐蔽乃至带着鬼祟的特征。虞老师说：现在市面上常见的，不过也只是些普通货色，里面还包括很多零碎的实用器、残损器，我们那个时候，这些玩意儿根本是不入玩家流品的。大户人家倒是有好货，但不可能拿出来卖啊，现在这行市，好东西卖给谁去？时代风气不同了，就是有人还买得起，可谁会伸手买呢？

虞老师把摊开的玉器又分成几组，指着告诉家骝：玩赏玉器，第一步是认识器型，玉器按使用功能分类，主要分陈设器、把玩器、佩饰及实用器。你这些小件主要是佩饰和实用器，你们管这种玩意儿叫什么？

虞老师指的是几块单面工的透雕玉片。家骝老实回答：我们管这个叫透花珮。虞老师就笑起来：是市场里那些人告诉你的吧？这种花片实则是以前木器文房和家具上的镶嵌之物，年深月久木器朽坏，留下这些杂碎玉片。他们这么叫，是想冒充佩饰，老古话说，配了苦药水，好卖辣价钱。

虞老师又指着另外几件单面工花型饰物问：这个呢？家骝道：我们一般叫帽花，说是明代士人帽檐上的饰件。虞老师道：说反了，这些是明代妇女金钗上的饰物，后来金饰式样过时，黄金回炉，这些玉花才落了单。

这些问题本来家骝也常常在心里琢磨，可一向想不透彻，也就只好姑且从俗，迁就那些行里旧俗。现在一经虞老师点破，家骝豁然开朗，不住点头。

虞老师说：认识器型，说说是简单，可也不能小觑，其实也是门很深的学问。古人给这门学问正式命名，叫作"名物学"，很多器物的名称，还真不容易全弄明白呢。当年连乾隆皇帝都闹过笑话，他老人家把周代礼器"六瑞"之一的琮，误叫作"杠头"，还写了诗来纪事，宣布自己的研究成果，这笑话可就再也赖不掉啦,贻笑大方了整整两百年!家骝听得入迷,心里佩服得不得了,真是处处皆学问。

家骝听了半天,茅塞顿开,眼界陡然打开,他忽然感知原来在常年的生活经验之外,还有如此广阔的一个未知领域,天地是如此高远,人生真是渺小啊!此刻不用虞老师明说,他也都明白了:红木匣子里看着林林总总,可是真要论质量,几乎就没有一件是能够入得了流品,堪称玩物的。做出这样的自我否定,对于少年的内心,可能是一种颠覆。可是,这一切又完全让他心悦诚服,敬畏之心顿生,完全覆盖住失落情绪。家骝看到了一股希望,那种超越原来那个自我的力量,足以推动着他去摸索一个全新的未知领域,走向前所未有的视野高度。这一切展望,激励着年轻的心向上攀缘。他感觉,一切都有希望,只要你肯努力,脚下便会生出劲道,前面就有光。生活是真美好。

都是敏感自爱的秉性,却又赤诚真挚并不执拗顽固,各自饱含着深厚的同情,懂得设身处地为他人着想,处处顾及对方的自尊和体面。这样同类的人,才能够一见如故,交往不辍。也只有这样的同类人,才有望惺惺相惜、知心知意。

家骝说:家里还有部分精致一些的玉器,如果老师方便的话,以后凑机会想送过来请教。

虞老师也在观察这个少年。会过几次面,他发现,这个孩子站有站相、坐有坐相,说话得体,懂得进退分寸,是个体面

　　　　　　　　　　　　凡尘磨镜录

人家的孩子,他越来越喜欢。虞老师嘱咐家骝:现今这玩古董可不时兴啦,他们说这属于旧社会纨绔习气,剥削阶级腐朽生活方式,乖乖,这顶帽子可不得了。我们聊归聊,不要张扬,可不许跟外人提啊。

　　开头几次家骝去虞老师家,里间房门永远关着,也没动静。后来去的次数多了,有时里面的收音机会发出点越剧唱腔来。再后来有一次,他们在外间说话,那房门咕嘟一记轻响,走出来一位中年女士,虞老师就笑着给家骝介绍:这是贱内……家骝赶紧站起来,鞠一躬,叫了声虞师母。虞师母头发有点微烫卷曲,上身骆驼绒对襟小袄,琵琶纽结得十分服帖,亮灰色的毛料裤子像是刚熨烫过,家骝学校里有一位最讲究的上海女教师就是这种打扮,因为是从房里出来,脚上穿的是一双棉拖鞋,上面绣着花。如果没见过虞师母,家骝不仅觉得虞老师够帅气,还算得上整洁儒雅。但你要跟他独处时间多了,尤其跟虞师母一对照,就会发现他这整洁显然是刻意保持了一定限度的,是带着降格以求的克制成分在里面的,更可能是有意被社会上风气同化的结果。如他中山装胸口的表袋,就特意不系纽扣,在里面硬塞一包香烟进去,那口袋就带点歪斜。又如他每次弯臂会露出里面白衬衫的袖口来,而那袖口也不系扣子,总是向上翻卷着。这一切都似乎为了打破一种完整性,而虞师母的身上就有这种完整性。家骝觉得,虞老师这样一个细心敏感、处处关照到的谨慎人,身上有这样明显的破绽是不合情理的。

从那次以后，虞师母每次都会出来打个招呼，她的话属于宁波口音，大概是怕家骝听不懂，又夹杂了点普通话的腔，家骝听着跟越剧里的人物说话是一样的。有时候虞师母走出来埋怨虞老师不会招待客人，茶水也忘了沏。她会亲自去削个水果，如果是苹果，切成十片，梨子就切成四块，用小碟子盛着，拿牙签戳了，端上来。有时坐在他们边上听一会儿说话，她对这个话题好像没什么兴趣，不一会儿就又走进去，房门半开着，低低地放她的《追鱼》或《梁祝》。整个下午，虞老师的家，都像不属于这个世界的。

六

秦家这一栋楼里，倒有三个孩子下乡插队，每房一个，很均衡，三对父母都愁坏了。最烦恼的是家骝父母，大儿子前不久生黄疸肝炎，被传染病医院隔离收治，防疫站拿消毒药水来家里喷了又喷，否则这次两个儿子都得下乡。可躲得了初一，躲得过十五吗？最痛心的是祖母，这一下得走两个孙子外加一个孙女，两个大的还好，分到苏北建湖，到底还在本省。顶要紧的是，家骝要走，还是吃杂粮的安徽淮北地区，这不要了她的命吗！

革命风潮起来的时候，这个家里倒并没有掀起多少风浪。因为其实从第二代起就成了普通劳动者，并不觉得自己成分上存在任何缺陷，且从小家庭对于他们的教育，总是与人为善，本分做人，靠手艺吃饭，切不可出头冒尖。在这个家里，从来就鄙视恃强斗狠，警惕非分之福，这种淳朴的风气，尽管内里包裹着一些谨小慎微的私心，毕竟是那样温柔敦厚。而生活本身给予他们的体验，也是比上不足比下有余，从来不至于吃不饱穿不暖，但从来家境都是一路向下滑，多少打击了这家人内在的傲气与清高，因此这些人的心气多半倒是平和的。而最近十几年的政治风云，更让他们连今昔对比的感慨都发生了逆转，革命的自觉性一旦产生，一切都会演变成切切实实的忆苦思甜，况且他们多半又怀着一颗忐忑并侥幸的心呢。几个孩子恰值青春期，在学校里难免受到影响，可是这样一群说不上"革命"却也终究说不上"腐朽"的父母，孩子们对于他们，对于这样的家庭也实在没有任何造反或"划清界限"的理由。这两年学校里一会儿罢课闹革命，一会儿复课闹革命，他们不过是随大溜，跟在别人屁股后面喊喊口号，在别人的大字报上再贴上几张雷同的大字报。这个家里总算安宁，几个大的嘴里所说的革命，也不过把破残的古书字画挑出一些来，在家门口一烧了之，算是自己革过了命，并不比其他同学落后也就是了。唯一有点战战兢兢的只有祖母，她总要想到民国十六年之前去，想想这户人家曾经的活路，至少想到换金圆券的那一阵，这几十年可不就是不劳而获嘛。这样一路想下来，发现那根子上原是个剥削，可能还罪恶累累，存在着更为严重的历史性的问题，她的心就开始怦怦跳，像做了多年的亏心事，至今尚未被揭破，而那罪孽因为隐瞒却在逐年加重。这种日子熬了两年多，现在，要她的孙子去那种鸟不拉屎的地方种大麦、挑大粪，她是想哭也不敢哭，想骂也不敢骂，伤心哪！

家骝可不知道淮北农村是什么景况，他这样的青年，心灵是健硕阳光的。尤其这两三年在家里，也不用上学，也不用干重体力活，只需帮着大人做做家务，他的身体发育得更加健全，都长开了，个头跟他哥哥一样高了。在他的念头里淮北农村最多不过就是比本地农村再苦一点，吃的米再糙一点，水带点碱味。他想，人家世世代代在那里生活，这么多五湖四海的知青都去扎根，多少城市里的女学生都去到那儿，别人能活下去，难道自己活不成？

因此，他反过来劝祖母：不要难过，没问题，一切都会好起来的。祖母说：你懂什么！你是没到过安徽，那里以前年年有人出来讨饭，你是不知道外地农村的苦啊。

家骝就开导祖母：你说安徽苦，你又没去过，怎么知道！要说苦，陈耀祖去的黑龙江，那不要比安徽苦啊？

祖母一听，不住抹眼泪：要死了，东三省是能去的地方吗，以前是充军发配才去的啊。天寒地冻，冬天出门小便都是要带根棍子的,这孩子怎么分到那种地方去了? 祖母是不知道,陈耀祖家是革命初期就被抄了,房产没收,一家人被扫地出门两年了。学校把出身不好的学生分到了大东北、大西北和大西南,这些边远地区都带着一个"大"字,说广阔天地大有作为嘛。陈耀祖接到通知,第一批就开拔了。这两年所遭的罪,让他果断离开,他总在想,走就走吧,北大荒再荒凉,日子也不会比继续待在这个城市里更难过吧。

现在家骝犯了难,这一走,他的"藏品"在这个家里就无处安身了呀。

红木匣子是全家都露过眼的,跟自己从小佩戴的白玉扇坠一起就托付给了父母,请他们保管。小布包他不好拿出来,如果把祖母塞私房的旧事翻出来,这么多子孙同在一个屋檐下,怎么摆得平。

他只好悄悄将小布包再送到祖母房里,祖母一看就全明白了,吸溜吸溜又掉下泪来,拉着家骝的手,说:乖孙,我先帮你存着,哪天你回来了,还是你的。如果哪天亲娘不在了,你要记得取走啊,亲娘仍旧把它藏在大立橱里,皮袄的中间。

祖母塞给家骝三十块钱,交代他保命钱要贴身藏,哪天过不下去或碰上什么难事,要记得买张火车票跑回来。祖母说:都说我有福气,原指望看着你成家立业,给我添个重孙子。现在看看是盼不着了,亲娘可能等不到那一天啊! 祖母的话说得家骝一阵难过,也垂着头抹泪。

临上火车的前一天,家骝去税校家舍向虞老师辞行。

运动初起之际,他们曾经预感到山雨欲来,但是没有想到局势会走到今天这一步。当时家骝还为学校不上课,天天组织学习《毛泽东著作选读》而不解,还为传闻要取消中考,为自己可能无法升学读高中而担忧。

虞老师夫妇听说家骝插队分到了安徽,都很伤感。这两年外面乱哄哄的,家骝是把这里当自己家跑了。虞老师家里运煤球、搬东西之类的体力活总叫上家骝帮忙,这个家舍楼里都把家骝当作是虞家亲戚,而当事人双方也都不否认。外面的风云变幻,给这一大一小两个人造成不小的精神窘境,说到底他们都不是这种社会里的勇士,都惧怕这种带着混乱性和破坏力的狂飙,都很难适应这样的局面。在性格上,他们属于同一种人,他们需要一种恒定的规范,按照一个有章可循的轨道往前走。可是,他们遭遇的时代却是风云激荡、变幻莫测,环境给了这些人很大的外在压力,外面越乱,他们就只有靠得越紧。在他们的心里,他们是共患难的。

虞老师对家骝说:这些年本意是把鉴赏玉器的那点技术都传给你,也不白白糟践了这身本事,你要晓得,那是在上海滩花了多少血本、费了多少时间心力,才白相出来的经验之谈。这些年原本跟你也讲得不少,但是条件所限,讲得零碎,东一榔头西一锤,不成系统。再则手头没有实物参照讲解,没有真品和赝品摆在一起对比研究,一切也终究只是纸上谈兵

　　　　　　　　　　　　　　　凡尘磨镜录

罢了。陆放翁不是说吗,纸上得来终觉浅,绝知此事要躬行,这是千古不易之理啊!这些年,一是缺乏书籍资料,二是市场灭裂,三是藏家消失,缺了这三个至关重要的环节,你纵然是甘罗、子建之才也学不出来。这个世道大变样了,日后还有没有人再弄得清这里面的那一点门道,就不好说了,这技术眼看要沦为绝学了。

虞老师觉得十分灰心,心情更加沮丧,埋着头一连串干咳。虞师母站到他身后,一手按在他的肩头,一手帮他轻抚后背。虞老师的手拍拍搭在肩头的另一只手,在寒冷初冬的阳光折射中,两只手泛出羊脂玉那样的一片光泽,虞老师喘到气息接续不上,慢慢地咳嗽才逐渐平复下来。

虞师母说:你也别求全责备,我看家骥把这门本事也学得差不多了,他总算是已经入了门。你不是说就算在当年,他也够得上一个行家的眼力了嘛,这也是殊堪告慰的事了。凡事只要入了门就好办,我们行里以前也有老话,师傅领进门,修行在自身。后面的事,也只能凭各自的造化,看各人的福分,强求不得。这些话家骥从来没听虞老师当面说过,自然都是他们夫妇单独在一起时议论到的。

虞老师对家骥说:今天我们分别之后,也不知道何年何月才能重逢,现在我就把鉴赏的最后一课讲给你听吧。这最后的一课,就是心法,相当于以前武林里大侠传武功时的总纲或者指导思想。本来应该放在首页,但是如果你尚未入门,是无法理解和领会的,所以我给你放在最后来讲。

这鉴赏之道,需要过三重境界:第一重便是入门境界。但凡真正想达到鉴玉的入门程度,首先却不是学辨料啊、工艺啊、器型啊、断代啊、鉴定真赝啊这些技术性要领,而是端正态度,古人把这个叫作诚心正意。就是你不能是带着过分功利的目的来的,不能一开始就冲着赚钱啊、做生意啊这些目的去,必须发自内心的喜爱,是带着审美、带着研究的心态来,只有这样才可能真正入门,将来的路才可能是中正的。这样说你可能会觉得有点玄乎,但是你看看那些做古玩生意的人,他们长年累月浸淫于此,按说熟能生巧,终归眼力超群了吧,可事实恰恰不是的,他们因为一开始就是为了学生意赚钱才动的念头,就必然会急功近利,就会老想着抄近路、走捷径,无法脚踏实地循序渐进,最后十有八九都会走火入魔,走上邪道,一辈子都没有真正窥见门径。家骝,你第一次来找我,就是为了学习门道,所以说,我就看出来,你的心术是正的,心意也是诚的,因此才肯搭理你。这些年,事实也证明,我没有看走眼。在诚心正意之下,才能真正掌握对于工、料、型的鉴定以及断代、辨伪等技术方法。这一关,你已经修炼完成,正如你师母所说,我甚感欣慰。

第二重叫作高手境界。这里又当分作两个方面讲,一要学养功夫到家,不学无术是无法真懂文物的。你只有博览群书,贯通古今,才能领会古物的精气神,才能理解古物的美学价值,才能恰如其分评价古物的历史文化价值。二要珍品上手多,要多过手好玩意儿,把眼睛养刁了才行。想成高手,必先"眼高手低"。如果眼都不高,手怎么会高?因此这个门槛就很不容易过。只说第二点,你想上手好玩意儿,中国人历来讲的是"秘不示人是谓之藏",大收藏家一般是不肯轻易拿藏品给人看的,一则容易引起贪婪心,招惹麻烦,二则给不懂的人看是亵渎藏品。因此,只能靠你自己买、自己藏、自己研究,你也只有自己成了大藏家,同行才肯拿玩意儿给你看。自己买,你要有购买能力,你要有很多财富,要去赚很多很多钱,你还要舍得花,花钱如流水。必须保证有钱、有闲、有眼三者同时具备,才够完美,才能保证你手上有充足的珍品,再结合书本知识、学术理论,你才有望真正成为一个名副其实的高手。很多事情,不是你努力就能够实现,也不是你努力就可以改变,很多条件要看机缘巧合。这里面有幸与不幸,那是命!

虞老师对家骝说:实证鉴赏之道,会让你尝尽甜头也吃尽苦头,其实这就是一场人生修行!这里面有个玄机,那就是时间。所有的修行过程都是对生命时光的残酷消磨,每重境界都需要花费大量时间,很多关口却又不是你时间耗得久就会水到渠成。但是不付出时间肯定是不成,任凭你悟性过人,火候不到也是难成。修炼这门技术,是需要耗费半生乃至一生的时间才有望成功的呀!我今日将这道理都说给你,很多地方你不能马上明白,就好好记着吧,日后慢慢去悟,这事急不得，也是急不起来的。至于成与不成，若非事到临头，谁也无法先知先觉。可是我相信，我是不会看走眼的，你一定会胜过我。你还有时间，是的，时间。时间对每个人都是公平的。时间总是厚待年轻的人。

虞老师一口气讲了近一个钟头，居然没有再咳，但是他的胸膛里总有一只金属哨子在呼啸，那哨子随着气流往上升，升到咽喉处，随后忽然一沉，又掉落进胸腔深处。讲完这些，他的两颊转成潮红，额头冒出虚汗，呼吸有点急促。虞师母站在他身后，一只手抚住他的背心，一刻也没敢离开。

虞老师的职业是教师，工作单位在一家税务学校，学校属于中专性质，规模也不大，早就停课了。他每天去单位报个到就回家，碰到急匆匆进出忙碌的教师和学生代表，也不敢上前多问一句。他从银行调进税校没几年，在这个单位里，是个新来乍到的外来户，类似一株无根之木，既无根系，那树冠自然弱小。可虞老师认为，小有小的好处，不招风啊。他是历来跟学生很和气，跟同事也没得争，书教得不好不坏，在那些风云人物的眼中属于没用场的老好人，不受关注，甚至是可有可无的。他不会跟同事去讨论这些时局，在单位里除了上课、备课、批改作业之外再没有多余的一句话，人人都知道虞老师是个木讷的逍遥派，还胆小怕事，是看见吵架都要绕着走的怯懦之人。这种人在单位里就像是一个影子，从来不搞出动静，走道也总沿着墙根。有亮光的时候他存在，当光明消失,他也会消失。因此,他这个人在单位里不仅是可有可无的,还是若有若无的。

七

家骝一家过了晌午就出村,小舅子套牛车送他们到达大柳巷,三件大行李外加一个孩子,这几十里泥泞路实在不好走。天擦黑的时候,他们从航运码头上船,第二天早晨到的蚌埠,他把母子两个安顿在旅馆,自己一个人去排队买火车票。

临近春节,火车站附近早就人头攒动、到处拥堵,四面乡镇上来的知青都要挤节前的火车回家探亲。售票厅里的人已经塞满了,你就是想伸脚挤进去都无从借力和立足,只看见黑压压一片人头和帽子,完全看不出那里面有排队的迹象。可还是有几条队伍从大门里延伸出来,曲里拐弯还保持着六七条队形,一直排到广场中央。家骝也已经不是当年初次出门的毛孩子了,多少也见识过点阵仗,可是性格使然,凡事总退一步想,他在心里盘算:哪怕排到下午,总该轮到我了吧。好在那队形似乎确实是在往前挪移,因为就这一会儿工夫又有肩扛担挑着行李的单身知青接续上来,那队伍的尾梢一直停留在广场中央那个位置上。

到吃中饭的时候,家骝已经排进大厅里面了。这时有几个右臂上戴着红袖套的铁路站职工推推搡搡挤进来,他们几乎是拳打脚踢,可是手脚实在太短,着力有限,倒是他们嘴里狂响的哨子似乎有出奇的魔力,这刺耳的声音在人堆里披荆斩棘,在一片嘈杂和叫骂声里劈开肉浪。这声音先天具有权威的震慑力,人们对此早已养成了条件反射。"红袖套"们借着哨声施展开拳脚,有的人被踢进队伍,有的人被拖出人群,碰上强横点的愣头青反手一推,人却硬生生挤进了队伍里,而好说话的只好骂骂咧咧挪动行李,往后靠一靠,再努力把自己的身子挤进队形里去。一番缠斗之后,红袖套们也不敢过分施为,都是头顶冒着热气的知青,万一真的触犯众怒,惹得一哄而起,局面就不好控制。人们嘴里埋怨归埋怨,整治过后大厅里真就归置出清晰的几条队形来。尽管等红袖套们前脚一走,人浪又会迅即复归混沌,可此时总算先来后到眉目清晰了。本来家骊已经离售票窗口只有半厅的间距了,经过这么一阵折腾,前面又塞进来许多人,他的位置反而退到了大门口。他也无从喊冤,只能尽量往前再贴紧一点,防止有人加塞进来。

家骊好不容易排到窗口,递上乡革委会的介绍信,要买一张卧铺票、一张普通票,普通票当天晚上还有,卧铺票最早要等明天上午。如果像以前一个人赶路,他自然毫不犹豫买当天晚上的夜车票,可是,女儿才刚满一岁,离不了大人的手。所以当大队书记的岳父提前好几天,托了乡上领导给开好介绍信,为的就是要保证买到一张卧铺票。

里面的声音有点不耐烦:要不要?

要,明天的。家骝递进钞票,窗台上甩出车票和几只欢奔乱跳的铅角子,他伸出左手凑紧窗台,右手朝前一捵,拈住两张短狭的厚纸片,连同找头攥进手心里。此刻,家骝咽了几口从胃部泛上来的酸水,再也顾不上其他,掉头往外面挤。这样虽说在蚌埠多耽搁一晚,总算一家人可以同车走,好在到明天早上八点前就可以退房,旅馆还是按照一天结账。

到第二天的晚上,家骝一家终于站在了新生路秦家楼房的大门前。

这也幸亏是晚上,要是在白天,不就像一家逃难的吗——男的胡子拉碴,肩上一前一后挂两个人造革旅行包,手里拎着一只大竹篮,篮筐上方扎着粗布盖头;女的头上包着头巾,怀里用大人的棉袄裹紧一个小东西,是个孩子,应该睡着了。

一阵叫门过后,里面的电灯纷纷亮起。家骝听见一楼父母的房门打开,母亲在催促:快,快,肯定是! 于是在"吱呀"声里大门开启,一阵刺目的炫光里,两个斜斜的身影,披着棉衣出现在眼前。母亲不停埋怨:跟你说快点快点,是儿子,你还不听! 父亲赶紧上来帮儿子卸下肩头的重物,努力往里面提拎。父亲问什么东西这样沉,一包是替换衣物和尿布之类,一包装着山芋干和落花生,竹篮里堆满砻糠,里面埋着鹅蛋鸭蛋,轻提轻放,千万摔不得。这时,楼上和楼下伯父两家,也都出来,招呼着外面的人快些进来,外面风大。房门都打开了,一家大小都出来了,说:接到来信讲就在这几日,算来算去应该是今天上午就能到,大家等了一整天,中午过了十二点才动的筷子,晚上等到过了八点才去睡。想想大概是火车票难买,说不定明天才能到了,没承想这就站在眼面前了。

母亲对家骝说:这就是我的儿媳妇小兰吧。家骝妻子第一次上门,害羞,进门叫了声爹爹妈妈,就没抬过头。父母很拘谨地应了声,好在母亲反应快,从儿媳妇怀里接过孙女,又领着伯父、伯母、哥哥、嫂嫂、姐姐地叫了一大圈。看孩子还睡着,家里人都凑上来端详,问起了名字没有,家骝说叫南南,南方的南。都说这个娃娃生得标致,跟家骝小时候一个模样。

母亲却背过身偷偷擦眼泪。大家假装没看见。

父亲去厨房开炉子烧水煮面。母亲说:早给你们预备下了房间,就住楼上原来亲娘那间朝南的,床都铺好了。等会儿吃了东西,洗洗早点睡,有什么事明天慢慢说。家骝想到了祖母,想到了没能赶回来送她老人家最后一程,心里十分悲戚,可是他的眼泪流不出来。

八

家骝的梦境还置身在火车上,听到一阵穿衣戴帽的响动,恍然以为自己错过了站点,惊叫一声从床上直起身来。定了定神,他才发现,原来已经安睡在自家床上,是小兰在穿衣起床,拉开窗帘。天还没透亮,家骝埋怨小兰起早了。小兰说:第一天住在婆家,不起个大早,帮全家人烧早饭,日后要被公婆看不起。家骝说:赶了两天的路,这腿胀麻得冰冷发痛,我家里人都好着呢,没人会来挑你这个理。小兰没再说话,低头亲了女儿一下,轻手轻脚关门下楼。

母亲端着饭菜蹑手蹑脚走进房里的时候,时间已经近午,家骝正奇怪女儿怎么一上午不吵不闹,母亲说:小兰早把南南抱下楼了,喂了两遍奶糊,现在楼下房间里睡午觉呢。看得出,母亲对小兰基本能够接受,家骝稍微有点定心了,也不穿衣起床,披上棉衣,端起碗就坐在床上吃。

家里这么多人,除了母亲工作的塑料制品厂属于有毒有害特殊行业,并且常年三班倒,刚到四十五岁就退休在家,其他的人都还要上班。二伯父家是二女一子,两个堂姐已经出嫁,堂哥那年插队去了苏北。三伯父家一子一女,儿子"文革"前就参加工作了,在灯泡厂当技师,去年"十一"刚结婚,这位堂姐也在苏北。家骝哥哥那年逃过插队,居委会本来盯得紧,亏得母亲无比坚决,以传染病为由峻拒,后来居委会也就很少再上门动员。但是同学们插队的插队,参军的参军,他却成了这个城市里的无业游民,没着没落了。现在哥哥对画画十分入迷,小时候在少年宫进修绘画,老师就说他天分高,据说那位指导老师后来在省里很有名。哥哥跟任何人都没有什么话，每天骑着车到太湖边去写生，似乎那就是他的上班，风雨无阻的。家骝后来问过哥哥，怎么会迷上绘画，哥哥说：苦闷。因此，这个家白天是很清静的。

从母亲嘴里，家骝才知道祖母去世的详情。当时家里刚接到家骝来信，报讯说小兰已经怀胎七月，因为有岳父的照应，现在生活比其他知青要好，队里派了较轻的活，至少能吃饱饭，一年下来不用再倒欠队里工分。家里大小听了都十分安慰，祖母还说，虽然讨了个安徽娘子，可总算有条活路。去年夏季天气热得离谱，老人们私下里都担心，会不会闹什么天灾，结果弄堂里连着发送了好几个老人。祖母那么健硕的一个人，事先竟然一点征兆也没有，突发脑溢血，前后总共不到半个钟头。人送到医院就已经去世了，一句话也没有留下，谁也想不到的事。

都知道祖母最喜欢的就是家骝，大家商议来商议去，也是没个办法。拍电报吧，家骝深处淮北村上，收到还不知道要几天，如果赶回来又要几天，哪里来得及呢。最后还是父母做主，索性等办完后事，再给家骝去信，这样大家两便。

家里一切都由上海的大伯父下来做主，办理后事倒是简便，现在这种形势，越轨操办也是没有可能的。处暑正是秋老虎横行，热得不行，二伯父医院里每天运送冰块过来，才能在家停满五天灵，然后火化入葬。

40

大伯父主持分家,他当年在上海安家是家里给置业,所以还算客气,主动提出不再来掰房产的份。这栋两层楼里原来四个户口,各占朝南和朝北房间一间,第三代的孩子又分占楼梯间和阁楼上隔打出来的两间,客厅和卫生间公用,因此这次分家其实不难,主要把祖母名下的南北两个房间分析明白就基本妥了。但是要合理处分两个房间也有点难度,因为要三家来分,且房间位置不同,一个朝南一个朝北。于是这下面的兄弟三人就一时都不吱声。大伯父说了房产不再取,但是又提出来,他毕竟是长房,且他还有三个儿子,是长孙,因此祖母的现金、存折需要四房外加长孙,按照五等份来均分,并且祖母房里所有家具物品都须归他。这话里的意思是明了的,如果下面兄弟三个反对,那么也意味着长孙都有出来争一争房产的可能。在这样的传统家庭里,长房长孙是具有无法撼动的特权的。

　　分家也就按着大伯父的提议办了。这边兄弟三个一协商,两间房三伯父跟家骝爸爸各分一间,二伯父没拿到房间,两家各贴出两百块钱来。祖母原来跟二伯父家合用的厨房,全归二伯父。家骝爸爸有两个儿子,朝南那间大的就给他,他家把一间阁楼划归三伯父,这样三伯父也并没有吃亏。

　　家就这样顺顺溜溜分完了,兄弟也不少,倒是不吵不闹、风平浪静,老街坊都说是祖母治家有方,把这些子女教养得好。大伯父随手安排一辆大卡车过来,他们父子几个动手,把属于大房的东西都装箱、打包,运走了。

母亲说:现在这个房间就是咱们的,有朝一日你回来,这间房就归你。家骝说:上面不是说,要扎根一辈了嘛。母亲说:你在安徽信息不通,你们下去了两三年,很多人其实已经借着各种名目回来了,前几天,你二伯父说找他开病历证明的人越来越多,都是想以治病为名把人弄回城。你二伯父也正在动脑筋,想试试把你堂哥从苏北弄回来。家骝低着头不响,他的情况跟别人不同,现在这个状况,还回得来吗?

母亲忽然想起一桩事,有点迟疑不决,似乎很难开口。最后,想想在这种形势下,也没什么不好明说的,就告诉家骝:那个红木匣子,就是装你那些宝贝的匣子,被你爸爸扔掉了。话一出口,她以为家骝会生气,至少会不高兴,可是,家骝只是叹了一口气,没吭气。母亲心说:到底是当父亲的人,成熟了。

看到儿子不说话,母亲反而有点不好意思起来,倒想把前因后果解释清楚。其实头几年就有人对秦家有意见,认为这家的成分有问题,应该去秦家革一下命,居委会里关系好的人偷偷把消息传过来,这一家人紧张了不少时日。家骝父母就想算了,这一匣子玉器放在家里也是祸害,不是落下一个腐朽生活的罪证嘛,夜里家骝爸爸就兜在怀里往西门桥走,那里河宽水急,往下一丢便死无对证。可是,他刚走到桥埃,却远远望见一个熟人先他一脚走到桥顶,往下丢的东西小且沉,入水几乎不见声响,就知道是货真价实的黄鱼。怕遇见了彼此不便,家骊爸爸只好继续往前走,从复兴路小马路上转出来,走到人民大会堂他觉得不能再揣着走了,前面路灯密集,万一被人碰见就糟糕了,于是赶紧进马路对过的公共厕所里,连玉带盒都扔进了茅坑。

母亲说完偷偷看家骊几眼,儿子还是没动声色。

母亲说:你那个扇坠爸爸没有扔,埋在花盆里留下来了,这次要不要给你带去? 家骊实在提不起任何劲头,说:还是藏在花盆里,以后再说吧。

家骊吃完把碗递给母亲,继续躺下去,说:还想睡,这几年实在太累。母亲说:好,安心睡,吃晚饭来叫你。

家骊刚躺下去,想起祖母那个小布包,就在被窝里侧着身子问母亲:这间房里原来那个大立橱您还记得吗? 里面存放了好几件裘皮大衣。母亲说:有印象的,那些讲究衣服,亲娘新中国成立以后再也没有拿出来穿过。家骊说:裘皮里面藏着一包玉器,拿蓝布包袱包着的,清点遗物时,也是大伯父拿去了吗? 母亲说:没看见啊,当时开箱开橱你爸爸他们兄弟四个都到场的,没听说过这回事啊。家骊道:奇了,奇了。母亲看家骊不信,坚决地说:不可能有,当时现金、存折都找出来了,确实没发现有一包玉。

话没讲完,低头一看,家骊又睡着了。母亲听见了儿子轻微的打鼾声。

母亲看着儿子露在被头外的脸,由于吃了几年碱井水,吹了几年的北风,家骝的皮肤发黑起了皱,生活的艰辛已经布满这张二十二岁的年轻的脸,母亲不由得心里一阵难过。

九

家骝要去虞老师家拜年。

小兰拿眼睛挖他,好像在责怪,为什么不带上她和孩子,难道她们就这样给他丢脸吗?她不用嘴巴说,但是总能让家骝感觉得到。家骝心一软,避过妻子的眼神,问:你,一起去?他希望小兰改口说,要在家陪孩子,或者,帮母亲做家务,不去了。可是小兰却是说:好,我帮孩子披件棉袄,马上走!在淮北村上,这个季节出门的女人头上都要包头巾,小兰不是固执的人,这几天她观察过弄堂里的大姑娘小媳妇,没见这种打扮的,出门前把头梳了又梳,特意编了两条小麻花辫,样子是跟堂嫂学的。

出了门,家骝走得飞快,手里拎的一兜苹果不断撞到大腿上,小兰抱着孩子跟不上,一前一后错开好一段。她抿紧了嘴唇,就是不言语,脚下暗暗加快步伐。可家骝又不敢走太快,弄堂曲折,一个转弯寻不见,小兰是真的会迷路,就只能快几步,慢几步,好永远保持着那段距离。

弄堂里的熟人远远喊:家骝,几年不见,回来过年啦。家骝莫名其妙就会涨红了脸,打完招呼低头走得更快。他是头也不回一个,熟人过去之后,他只好再停下,侧转身,低着头瞄一眼,等后面的人跟上来。小兰还是不说话,也不拿眼睛看家骝,心里似乎有点憋屈,可又不明显生气。她可不会在外面哭鼻子,也不会真的一赌气就翘回家里去,那像什么话呀,她可不是田间地头那些哪样都来的泼娘儿们,也不是什么上海滩上资产阶级娇小姐!

迈出弄堂口,走上新生路,人流车流开始热闹,家骝这才回过身去等,一直等到小兰走到身边来,伸手把女儿接过去。小兰看女儿偎依在家骝的怀里,指给她看商场门口挂起的大红灯笼,商场顶上新悬起的红旗,这是城市里一片灰蓝色调之中少见的艳彩。孩子东看西看,也十分喜欢,家骝凑到小脸上香一口,女儿会咯咯笑出声来。这时,小兰就会忘了刚才全部的委屈,顿时也变得欢快,伸出一只手拽住丈夫的衣袖,拎起网兜,紧紧贴在家骝的身旁。

再往前走,中山路人车更加拥挤,真是车水马龙,人流如织。这个城市真是大得没边,居然有这么多素不相识的人在同一座城里头住着,每个人都不用去关注哪一个特定的人,反正谁也不认识谁。如果有谁朝你多看了一眼,那肯定不是认出你姓甚名谁,而必是他看热闹不小心走了神。这个时候,家骝会腾出一只手来,抓住小兰的手,他的意思是怕把小兰挤丢了。这个时候,小兰都会因为高兴而显得十分雀跃,到日后家骝又一次次甩开她大步走的时候,小兰就有了一千个一万个理由不生气,去原谅他。

虞老师大妇也见老了,他们的衰老跟家骝的憔悴中带点苍老是不一样的性质。家骝是遭遇生活的急转弯而无法调适,长期过度劳累,营养不良,再加上精神上的失落,致使过早出现了一种与实际年龄不相吻合的衰容。但他的内里仍然是有活力的,是有生机的,只是这种力量暂时被封住了,施展不出来。虞老师夫妇皮肤还是那样白净,中国人里那种白的肤色本来就显得皮薄,不够紧绷,尤其是没有结实的力度感。到了这个年纪,不注重科学保养和严格自律的城市人发福是在所难免的,他们的身形倒没有多少走样,可是却实实在在显出了老态。这种老态是从精神开始的,由精神而及身体,仿佛长时期人跟社会不合拍,又或者精神游离于社会整体之外,最终对于一切失去信心,落落寡合。这样的人,老起来特别快。虞师母尚好,虞老师的老态却有点难以遮掩,他的皮肤是从里面松弛下来的,整个人从骨子里面变得疲软,骨架像是塌了一样,处处都透出弱不禁风。而此时,他的机体功能也随之滑落,说不上几句就要喘,夹着几声轻微的咳嗽,让人担心,下一口气会接续不上来。

老两口看到家骝一家上门,表现出了一点意外,瞬间的意外之后,是热忱和欣喜。二老没料想家骝居然会这么快在安徽农村结婚,细细观察小兰,品貌还算周正,脾气也挺和顺,两人对了一下眼,默不作声,各自在心里叹息了一声。大家坐下来说了这几年的景况,虞老师还算好,没有被揪斗过,生活平平淡淡,只是肺气肿越发严重,泡成了老病号。家骝也讲了他们知青在淮北的见闻,比苏北要艰苦许多,因为小兰在旁边,他就不方便多讲自己,只好笼而统之拿"我们这帮知青"作为题目。老两口是听得懂的,虞师母甚至抱着南南掉下了热泪,既为家骝这几年艰辛的际遇,也因为看到孩子,想到了自身。她说:此生最大的遗憾,就是没有跟你虞老师生养,两个人孤苦伶仃,相依为命,桑榆晚景,老来凄凉啊。虞师母哭着走了神,蜷曲食指,拿指背沿眼睑下走一条线,从眼梢倒着划向中间擦拭眼泪。化了妆的人是需要这样抹泪的,可是虞师母并没有化妆。

这次拜访,家骝跟虞老师其实没有说上多少话,一则虞老师说话费力,二则孩子哭闹,大人就没有心思久坐,最主要的是,家骝发现,现在跟虞老师没有什么话可讲,这个世界天翻地覆,物是人非,现在连这个物都已经非了,再像几年前那样谈论古玩玉器?看看身处的境遇和眼前的光景,已无可能。虞老师是没了心情,而家骝则是彻底改变了性情,没话可讲了。说说淮北的生活?家骝都不敢去多回忆,除了起早贪黑劳作,干那些从来没有做过的重体力活,除了累、累、累,就是饿,苞米、红薯、土豆都拿来当主粮,也填不饱肚子。除了想活下去,其他什么念头都没有,实在没有什么好讲的。而这一切对于虞老师来说,他理解不了。家骝到淮北去之前,也理解不了,只有到那个环境里去生活,一年,两年,三年,四年……人才会埋解那种生活。再说,把这些受的罪跟老人去讲,除了惹人伤心,还能起到什么作用呢?没有了共通的话语,人跟人就变得隔膜起来,是什么话也不可能深入,不可能贴心的。一切都变了,变得彼此都快不认得了。

家骝坐了一会儿,孩子又开始哭闹,他和小兰便辞别出来。两位老人一直送到楼下,依依惜别。家骝对虞老师说:那年下乡之前来,您说过一句话,谁也犟不过命,现在想想,我就是犟不过命。

虞老师叹了口气,不再说话。

虞师母又流了泪,说:年轻时候心肠硬得很,生离死别也从没有泪,此刻,老了,遇事就止不住流眼泪。

家骝一家往回走,走上马路孩子就眼神迷离了。小兰从口袋里掏出一副幼儿背带,老布缝制,绣着红绿纹饰,在她的家乡,妇女走远路都习惯把孩子绑在背上驮着。家骝一把推开她的手,把孩子高高竖抱起来,让孩子侧脸枕在肩头,一件大人的土布棉袄兜头盖上。小兰不住往前跑,把孩子的裤管往下拽了又拽。

城里起风了,人们都在埋着头往各自家的方向走,中午的喧嚣似乎一下子变得稀疏,这种零落让街市显得冷清。人跟人挤成一团时,是分不出区别的,可一旦拉开距离,彼此就有了观照、比较甚至洞察。家骝一家三口人,跟这个城市是多么不协调啊:他们的穿着明显带有外乡人的特征,而他们红中透亮的脸颊、交谈的口音甚至举止动作,都在告诉周围的人,他们日常所吹的风是异样的,他们平素所喝的水是异样的,他们每日所吃的食物是异样的。总之,他们来自另一个天地,他们不属于这里,他们只能是来"探亲"的,他们外乡人的身份是确凿无疑的,似是早几世就定了的。弱势的地位注定产生痛点,而敏感的性情则更会加深这种脆弱,这些年,家骝心里有一股怨气,这股怨气不是冲着谁的,他也不知道该向谁去发,因为这全世界没有哪一个人对不起他。正因为没有明确的发泄对象,他又时时觉得自己无理取闹,为自己的不可理喻而暗自羞愧。如今,他以这种面目回到这个城市,无形中加重了他的痛感,他的心因此受到了比较重的挫伤。

晚上,家骝决定明天就回去。他把"回去"两个字说得很重,以证明他清楚自己的处境,他认命。小兰总是顺着他的,没有二话。

她其实也想回去,倒不是在这里不好,秦家所有人,特别是公婆对她都十分关照,从来没有说过她半句不是。可是她觉得不适应,生活全乱了,所有的习惯都需要暗中揣摩,她希望得到丈夫和公婆的肯定,所以事事格外小心。这几天虽没出过什么错,但是她感觉很累,精神高度紧张,总之,不是在自己家里的感觉。可是家骝如果不提回去,她是永远不会说的。

父母听到家骊的决定，一愣，看着儿子的脸不知道说什么好。

家骊知道父母误会了，眼看日见衰容的两位老人，他的心又开始软了，解释道：不是哪里照顾不周，哪个冒犯了我们，而是终归是要回去的，趁着刚过春节，火车上空些，带着孩子好走……

十

他们那个知青点上，家骊是最后离开的一个。招工回城的时候，南南即将上一年级，还差两个月时间他插队就整十年了。

高考其实早已恢复，家骊也连续备考了两年，但都没能成行。岳父怕他一旦出去上大学，小兰的命运就注定会是个悲剧，《秦香莲》《金玉奴》这些戏文以前他都看过哩。开不出那张介绍信来，家骊就报不上名。而这些年家里也没闲着，父母之前好不容易托人弄到手的招工指标，却因为家骊迟迟不能回去而作废。眼看今年的努力又要报废，万般无奈，母亲和父亲决定亲自跑一趟淮北。双方家长见了面，起初也是谈不拢，岳父说女婿一旦回城就成了城市户口，自己女儿可还是个安徽农村人，还不被甩了算？其他的事都好商量，家骊在村上由他家照顾周全,绝对不会让他吃亏受累,女婿一回城就等于活活拆散这个小家庭,万难从命,岳父头摇得像拨浪鼓。淮北是家骝父母平生所到最远之地,斟酌盘算了月余才最终决定前往,赶了上千里路来当面理论,这已是他们忍耐力抵达极限的表现。这一趟旅途也让父母遭够了罪,母亲一路先晕车后晕船,吐到胃液都倒光了,最后下了船兀自干呕不止。去接他们的牛车进村时候,房舍从墟烟里逐渐浮现出来,母亲这下总算看清楚了,家家都是低矮棚户,黄泥垒墙稻草覆顶,有的人家连扇木板门也没有,居然拿芦扉当作大门,她脱口而出:我以为是猪圈,怎么,人都是住在这个里面的?父亲慌忙朝她使眼色,好在他们说江南土话,家骝小舅子专心赶车并没听明白。出发前就下定决心,这趟一定要把儿子带回城,眼前的景况更让这对父母横下一条心,哪怕是抢,也要把自己的儿子抢回去。

父母在岳父母家僵持了三天,面上看主要是母亲跟岳父角力,实则他们各自背后的人也不敢稍有松劲,这可关系到自己子女的前途命运啊,谁敢马虎。岳父甚至说到女婿如果要走,必须从他的尸身上跨过去。当了一辈子大队支书,也是场面上走的人,在这个地界也称得起德高望重,说出这样的话来不容易,左不过都是为儿为女。母亲最后也急了,涨红了脸、憋足了劲,咬着牙朝岳父说出:这次就是离婚,儿子也得跟我走!家骝在这个家里好几年,岳父母知道像秦家这种体面人家视面子名誉为根本,离婚之类的事对他们而言那简直如同挖他们的眼珠、割他们的肉,寻常是想也不可能想到的,何况拿出来摆在台面上说。话既然讲到这个地步,拦是肯定拦不住的了,岳母见状慌忙擦着眼泪迎上来,拉住家骝妈妈的手说:亲家母,这种话可不好瞎讲的。岳父也软下来,把旱烟锅子往台角上猛磕,那桌子似乎跟他是世仇。当时知青为了回城,离婚并不少见。怎么说来说去竟说到"离婚"上去了呢?岳父母拼命阻挠家骝回城,不就是为了维护女儿这岌岌可危的婚姻嘛。岳父歪着他的大圆脑袋,重重"嗨"地叹了一口气。后来家骝当着岳父母和几个舅子的面写下"永不离婚"保证书,父母跟儿子三人当堂签了字,按了红手印,岳父才同意家骝带着小兰母女一起回城去。

回来的路上,母亲说:我们这辈子清清白白做人,就没碰见过这种事!旧社会只有典妻卖儿和吃官司,才听说要打这种手模足印,想想真叫屈辱。父亲交代两个小的,这事回去以后大家都别提,传出去不好听。母亲对儿子说:你结婚我们都没有过来,为了把你弄回去,跑了这上千里的野路,可算见识到什么叫穷乡僻壤、穷山恶水了,这十年也真亏你受煎熬的!父亲小声劝她:算了,算了,当着孩子们的面说这些干什么。小兰搂着南南,垂着头,只当没听懂。家骝知道母亲满怀不忿,可她没有坏心,便没接她的口。家骝又想起当年祖母的话,不由一阵沉默。

现在秦家这栋楼里可又热闹了，苏北插队的堂哥堂姐早几年就回了城，堂哥进的外贸公司，堂姐在钢铁厂当工人。职业一落实，这恋爱就好谈了，很快各自成了家，堂姐是嫁出去，堂哥则是娶进来。家骝哥哥上一年考取了教育学院，美术教育专业，倒是还在本市，每个礼拜天都可以回家。这个大龄青年正跟本校一个女生谈恋爱，父母都十分赞成，师范生一毕业就分配当教师，工作是不用愁的。现在哥哥终于停止了他的苦闷，在家里经常拉着南南给他当模特，素描、水彩、肖像画了无数，弄得侄女对他崇拜得五体投地，成天缠着要跟伯父玩。

家骝和小兰正式住进了二楼东面的朝南房间，本来打算把房间隔打成里外两间，这样南南就可以拥有自己的一张床了。三伯父说：上面亭子间不是一直空着嘛，让南南住就是了嘛。于是当年划归三伯父的那间，实际上是又还给了他家。母亲那天晚上掉着泪说：这一大家子人啊，除了上海的那位跟我们是不贴肉的，我们这三家人在一起多少年了，老的这些兄弟妯娌之间和和睦睦，小一辈兄弟姐妹也是互相帮衬，家里从来没有什么话柄落给别人说的，"文革"那些年我们才太太平平地过了关。当年老太太去世，街坊们都说她老人家是治家有方、教子有方，有句话是怎么说来着？父亲道：忠厚传家久，诗书继世长。

家骝回来没多久，就是春节，一家人团团坐下来吃年夜饭，几个堂姐带着姐夫孩子也回来了，圆台坐了两大桌。父亲站起来感谢兄嫂和侄子侄女们,为了家骝回城,大家都没少操心。家骝一家也站起来敬酒,要没有当医生的二伯父动用社会关系,他怎么能够进得了人人羡慕的物资公司;要没有二伯父两个女婿的鼎力相助,农村户口的南南怎么可能跟着他就进了城,变成一个娇滴滴的城里人;要没有三伯父拿出阁楼给南南住,他们一家三口只能挤在一个房间里;要没有父母奔忙几年,他们全家可能就要一辈子在农村修地球。大家都很开怀,黄酒白酒端起来,孩子们也高举橘子水,互相祝福新年好,人人心中都升起一个信念:又一个新的十年开始了,好日子就要来了啊。

陈耀祖的信是岳父从淮北给转寄过来的,收到的时候已经临近春节。

陈耀祖在信里问,今年的高考为什么还不参加,前两年可是每年招考两次,今年已经按照常规只招一次,考试难度也在提高,明年恐怕会更难。他说在山东大学等着家骝去,他读的是历史系,当年家骝说要当文物专家,读这个专业正好对口。可是,现下陈耀祖已经读大二了。夏天,家骝接到家里来信让他准备招工回城,而要想参加高考,他也通不过岳父那一关,所以也就只好放弃。信的最后,陈耀祖说,这个寒假先去曲阜同学家待几天,然后会回家看看,估计春节前后到家。他因为父亲被打倒,抄家之后流离失所,去黑龙江插队后就没再回来过。

　　　　　　　　　　　　　凡尘磨镜录

家骝算了一下日子,自己忘了陈耀祖是有寒暑假的,半个月之前给他写过信,信件到达山东大学的时候,陈耀祖可能已经放假离校,不一定能收到。反正春节就能见面,给他一个惊喜也好。

大年初一,家骝还赖在床上,小兰却兴冲冲敲开房门,告诉他:你那个同学来了,就是前几天写信来的那个。家骝套上绒线衫跑下楼,果然是陈耀祖。

陈耀祖说:我也就是来试试运气,看你到底有没有回家探亲。

母亲在一旁插嘴:我家家骝调回来啦,才几个月,回来啦。现在已经到市物资公司上班了,正式上班啦。

陈耀祖父亲获得平反,但是残废了一条腿,年前补办了退休手续,补发工资已经下来。现在几个在家的兄弟正四处奔走,要求尽快发还房产和抄家物资,也已经有了眉目。陈耀祖说:我这几个哥哥真是厉害,前几年被别人拉来拉去批斗,整掉半条命,看见政府的人腿都打哆嗦,现在跟政府部门的人去打交道,却生猛得很。如果都像是我这样的温暾水,要想完全落实政策就难以指望了。

家骝说:这么多年你写信都不肯说在北大荒的状况,据说那里比淮北还苦,你是怎么挺过来的?

陈耀祖说:去说这个干吗,我前无道路后无退路,再苦也只能熬,唯一的念头就是要活下去,活下去比什么都强。第一次恢复高考我赶上了,咱们只有初中程度,拍大了胆子去撞撞运气,当时实在没有出路,也是病急乱投医。结果去考的好像都录取了,倒比你还早两年脱离苦海。

看着高大壮实的陈耀祖,家骝说:那年我们一道去工人文化宫集邮交流会,我亲娘还问你有没有吃过童子鸡,现在看看,那些真像是上一世的事了。

陈耀祖说:十四年了呀,这天地一换再换,我们也是再世为人了呀!

家骝说:大家都变了,有很多东西却是永远回不去了。

陈耀祖说:那就往前走呀,我们不都还好好活着呢嘛。

后来家骝问过陈耀祖,听说北大荒冬天出门小便都是要带根棍子的,是吗?陈耀祖说:每天凌晨赶着牛车进山去伐木,黎明前,天刚刚有一点微亮的时候是最冷、最不堪忍受的时候。天空中飘着白玻璃纤维一样的东西,闪着寒光,甚至发出簌簌的响声,那就是空气结冰了。你会感到下巴冻得要掉下来了,这个时候你不可能在车上坐得住,你必须滚下车,拼命地跑,拼命地跳……

十一

物资公司统管全市金属机电、轻化建材等各大行业六十

凡尘磨镜录

多种大宗商品的计划供应,供销大权集于一身,实力雄厚,家大业大,社会涉及面广,工作岗位可谓炙手可热。很多干部子弟进不了机关,就会退而求其次进这种实权单位,但是公司毕竟是企业性质,多少还有点成本意识,人员无法跟机关一样泛滥,于是造成了内部职工的两极分化:有些背景的游手好闲,光拿工资不出力,而像家骝这样没有背景的,就要一个人做几份活。好在主要业务靠国家计划安排,具体办事的不过多跑点腿,多接几个电话,多出几趟差,责任心再强一点也就件件有落实,不至于误时误刻,万事妥帖了。

家骝本来是个细致苛职性子,这些年插队吃了苦,回城以后一口闷气得到舒展,人的活力迸发出来,干多少工作也不觉得累、不觉得苦,尤其跟周围的人一比,资历、家世、学历更是处处不如人,于是格外珍惜眼前的这个金饭碗,做事分外任劳卖力。他本来准备次年参加高考,夜校补课坚持了大半年,可是单位人事科科长找他谈话,意思是这个单位一个萝卜一个坑,只要不影响本职工作,多读点书单位是鼓励的,也是响应中央号召嘛,但如果想出去读全日制大学,会影响实际工作,单位不能同意。人事科科长说的也是实情,像家骝这样的业务能手一走,得多少事情脱下来没人做。再说高考的难度已经提高,家骝知道山东大学历史系是没指望了,就报考本市夜大的经济管理专业,果然就录取了。

现在的家骝真成了大忙人,白天单位的事连轴转,为解决日益增加的计划外采购任务,经常要出差跑上游生产厂家,拉关系、请客、送礼在所难免。而经他采购的物资到位之后,销售环节也很难离得开他,领导又要通过他的手销售下去,无形中各种信息都在这里汇总,他很快便成了公司里的主要业务骨干。为了抢到紧俏商品,多少企业和机关事业单位都求上门来,为了办成事,除了给领导烧香,自然也少不了要给家骝送点酒、送点烟。家骝待人和气,办事牢靠,找他的人就日多一日。而他也懂得处处小心,黄鳝不能吃过界,与同事保持着良好的人际关系,凡事求到他跟前的都尽心尽力帮忙,从不攀高踩低势利眼,因此从领导到职工都说他好。每天下班回家,来不及跟女儿说上话,家骝扒拉几口晚饭,又要赶去夜大上课。这样前后忙碌,时间就过得飞快起来。

　　家骝哥哥两年制大专毕业,跟女朋友一起分配进郊区中学当教师。结婚还在秦家老宅里,过了一年单位解决双职工宿舍,就搬出去了。南南上了小学,母亲开始为小兰发愁,这样年轻闲在家里总不是个事,一个安徽农村户口,可能怎么办呢?小兰则更愁,不能自力更生,自己都养活不了,万一日后家骝嫌弃她可怎么办?外贸公司的堂哥说:公司里有出口转内销的服装和床上用品,小兰开家出口转内销的服装店如何?家骝在单位跑供销,见识了外面世界的实情,现在他听见开店啊、做生意啊这些话就不会再吓得连连摇头。于是,说开就开,租了门面,领了执照,货源由堂哥帮着疏通,五块六块一件的服装,随便卖卖就是十块二十块。母亲没事去店里帮忙,半天里点进来的大把钞票把她吓了一跳,晚上躺在床上跟父亲说:你说吓人吧,半天就进账四五十块,我们一个月工资才多少。父亲说:还有成本在里面呢,你这个人就是一惊一乍的,我本来不吓,被你说得吓起来了。

陈耀祖来信告诉家骝,明年毕业将回本市博物馆工作,他马上就要当上那个"文物专家"了。当"文物专家",是当年家骝的人生理想。

陈耀祖父亲的平反落实得还算顺利,后西溪的洋房归还了陈家,但是抄家物资却成了牛皮糖:找街道,说当年第一次抄家的不是街道;找父亲厂里,说当时抄完家东西都造册送到市里集中点了;找两清办,说经办人换了几茬,早就找不到当年的抄家清单了。后来父亲几个老朋友重新出来工作,有的当了政协委员,联名写信给市领导,批示层层压下来要求尽快妥善解决,才知道大部分被抄走的古董现在博物馆仓库里。于是几个儿子拿着领导的批示信件找博物馆,来回折腾好几回,那边的意思摸清楚了:东西一旦收进国家库房,再要发还这手续就麻烦了,陈家当年抄家物资里面有一批字画和瓷器历史价值比较高,这些文物从法律层面讲是人类文明的结晶,是属于全体人民共有的财富,私人收藏不利于文物保存。再说当初抄家打包的状态早已改变,清单上的器物到底应该对应哪一件实物,现在已经很难一一查证,如果稍有不慎国家博物馆的馆藏文物被掉了包、出了错，那可不是闹着玩的。家属倘若能够高风亮节一点，这批珍贵文物就捐给博物馆算了。如果这个条件能够答应，那么另外一部分拣剩的物品，会想办法按照政策尽快发还。

陈家几个儿子有空就去闹一回，暑假的时候，陈耀祖也被叫上跟了去，博物馆出面的那个领导看陈耀祖陪坐着不响，和其他兄弟不太一样，趁个间隙把他约到走廊里攀谈，发现居然是同一所大学同一个系的校友。这个领导就暗示陈耀祖回家做做父母工作，现在这种处理方式也不是本市一家，北京、上海、天津等大城市普遍是这种情况，再说文物还是放在国家的博物馆保存为好，便于发挥其文化历史价值。珍贵文物捐出来，一般文物不就回去了吗？否则，此事想有眉目怕是盼不到个头啊。陈家父母都是受尽折磨之人，想想那些身外之物生不带来死不带去，那些年说抄走也就抄走了，谁想过还有落实政策的这一天啊，何苦为了这些东西再得罪人，自然也就答应了。陈家爸爸按要求写了捐赠书，博物馆举办了捐赠仪式，请陈家爸爸坐上主席台，还颁发了一张捐赠证和一张奖状，并在报纸上发布新闻，大张旗鼓宣传了一下新社会的新风尚。趁着社会舆论的热乎劲儿，果然很快发还回来几包古董，可谓皆大欢喜。

此事处理结束之后，博物馆跟陈耀祖联系，现在馆里专业人员青黄不接，专业对口的大学生可成了宝贝，表示等他毕业愿意招收他入馆工作。父母听闻这个消息都很高兴,儿子流落在外那么多年终于能够回家,还分配进公家单位成为国家干部,这才是好事啊。

十二

在单位接到虞师母电话,尽管虞师母说:看你空了再来,不用特意跑一趟。可家骝知道这是老人跟他客气,这电话一定是虞老师让师母打的。家骝一想,最近也是忙糊涂了,真有几个月时间没到虞老师家看看了,跟科长打个招呼,骑上自行车就直奔税校家舍。

这次开门的却是虞师母,多少年也没有过的事。家骝进门却发现外间没有人,虞师母指指里间,让他进去。只见虞老师枕靠在叠起的棉被里,半躺在床上,一侧放置氧气袋,他鼻孔凑着吸氧管,正朝自己招手。才几个月没见,虞老师瘦得脱了形,白净皮肤变成灰黄色,黄中夹杂褐色斑块,腮下干涩的皮肤起了褶皱,因为水肿又透出蜡状光泽,这状态把家骝吓得不轻。虞老师示意他坐到床前来,家骝就从窗下端过一张藤椅,轻轻坐下去,椅面有点往下沉。房间里除了一张双人床、一个五斗橱和一个大立柜外,只有两张旧藤椅和一张茶几,都是做工最粗笨的家具。五斗橱上是红灯牌收音机和三五牌自鸣钟,除此之外,一无所有。墙上有两个镜框,里面夹放不少零碎小照片,颜色发黄,显得陈旧。

虞老师闪过一丝笑容,指指镜框让他自己过去看,家骝看到了一位扮着戏装的旦角,那行头比京剧要简单,他分辨不出演的是些什么戏,还有一张,那位演员换下戏装穿上旗袍和高跟镂空皮鞋,他认出来了,是虞师母。另一位男子眉眼深峻,身材挺拔,发型新潮,打满摩丝,一笑起来两个大酒窝,嘴唇比较厚也有点宽,充满了活力。这个男子一会儿穿着皮夹克、戴着飞行帽坐在飞机驾驶舱里,一会儿西装领带地坐在轿车驾驶座上,一会儿又全套羊皮猎装蹬着哈雷摩托车,家骝转头看看虞老师,说实话,如果这些照片不是在这间房间里看到,他跟眼前的虞老师怎么也无法对应上。再想想十几年之前的那个虞老师,这中间有了一个过渡和缓冲,那便肯定是了。

虞老师说:不要怀疑,那就是我们。本来有些大照片,前几年怕惹事,自己烧了,小的夹在书本里才保留下几张。你师母年轻时候虽然演戏,其实她不上照的,我们那个时候,你如果看见她真人,魂也落得脱。正好虞师母端茶进来,说:十三点,又在胡说,也不看看都啥年纪了,不怕被家骝笑话。

虞老师说:憋了这么多年了,也没多少日子让我胡说了,就让我说几句吧。虞师母说:要说你这张嘴啊,当初在上海滩上也是有名气的,真难为你这么多年夹紧尾巴屏得牢。

家骝问虞老师:您一直说"我们那个时候",意思到底是哪个时候呢? 虞老师说:现在敢讲了,当然是民国年间咯,我虞焕章也曾在上海滩上翻江倒海的,不过我也就兴过那么一落,到此地便时乖运蹇落了难。为隐瞒资本家出身的历史问题,几十年东遮西掩,是做人也做不成人,做鬼也不像鬼,活得别提多窝囊。

家骝到此时才知道,虞家祖籍宁波,是民国年间上海金融业大资本家。虞老师是家中独子,从小被宠溺娇惯,想开摩托就买哈雷,要开汽车就买福特,后来想开飞机,他爷爷说飞机就不买了,去考张飞行证玩玩,飞几把过过瘾就算啦。玩收藏也是他的爱好之一,那些年,他在上海滩,收藏珍稀古钱、机制金银样币那是独一份,古玉、瓷器也数得上,他是白相人里的上层阶级,收藏圈里谁不认识他虞小开呢。一次看越剧,他跟台上唱戏的虞师母一见钟情,但是双方家庭都不同意,他们两个就跑出上海滩,到此地落脚,想过一阵生米煮成熟饭再回去。哪知道离开上海才几个月,新中国成立了。虞家的人都已离开内地,到底去了美国还是台湾,谁也说不清。两人只好在此定居下来,后来接连听说上海、宁波两地的亲友中有人在运动中受到牵连,吓得他死活也不敢再说出自己资产阶级公子哥的身份。虞老师有一张圣约翰大学的文凭,得以进银行谋了个事,总算是自食其力,能够勉强度日。

这大半辈子,为了隐瞒阶级成分这个历史问题,他夹紧尾巴做人，一听风吹草动就心惊肉跳。亏得处处小心，不敢丝毫麻痹，总算是"反右"也躲过了，"文革"也躲过了，这样躲着躲着，总算也老了。社会氛围的压力让他这样敏感甚至脆弱的人深受恐惧之苦，常年以来，他都觉得这接连不断的运动，都是针对他们这类人来的，甚至干脆就是针对着他这样的人来的，次次该有他的份的。现在好了，他老了，病了，时日无多，不会再有人把他揪出来，不会有人来抓他了，他还有些话要对家骝讲。

虞老师说：在上海滩那种藏龙卧虎的地方白相了十几二十年，别人以为我不务正业，光晓得厮混。可外人哪里懂得，天下其他事情都要一本八经去做，唯有古玩鉴赏，这门学问是必须白相出来的，你光靠读书背理论入不了门。

家骝心里暗自惭愧，这十几年，插队下乡，结婚生子，回城就业，早就把学到手的那点知识全都还给虞老师了。除了幼年"抓周"的玉扇坠，当年那些玉器也都遗失殆尽。现在为了职业奔波，为了一张学历奔忙，哪里还谈得上学习鉴赏之道啊。

虞老师说：你不必焦躁，人这一辈子，我算看明白了，只能到哪座山上砍哪里柴。我当年就说过，人就是再狠也犟不过命。凡事看缘法，就像当年我都对一切死心了，老天却把你送上门来，我有了传人。家骝，你是个好青年，现在你要生存、要工作，就为了这个目标去奋斗去努力。但是我知道，你就是学这门学问的人，你的血统里就有这种东西，哪怕人生的路兜兜转转，只要机缘一到，还是会转回来。

家骝忽然想起当年插队前夕来辞行，虞老师给他讲最后一课，说起鉴赏的修为有三重境界，当时虞老师其实只讲了两点，最后的一点并没有讲完。家骝就向前凑了凑，问：当年老师所说的第三重境界，到底是指什么呢？

虞老师愣了一下，随即露出一点笑容来：当时我是特意没有往下说，因为没有实现第二重境界的人，听了第三重要打退堂鼓，我是故意不说。十几年过去了，你远离此道，依然没有达到第二重，日后在这条路上能走多远，也是个未知数。一切须看缘分，不过我是相信自己眼光的，这里面有你的宿命。我今日再不说，恐怕日后没机会再说，也找不到合适的人去说了，那么告诉你，这第三重境界，就是自在境界。

入门境界、高手境界、自在境界，这三重境界是必须逐级登高，一切都需要水到渠成。所谓自在，就是舍弃。只有懂得舍弃，才能渡尽劫波抵达彼岸，人性方有望获得救赎。当然，你若没有达到第二重，手中本来空空，也就无从谈舍弃。如弘一法师若不是历经琴棋书画诗酒花，他哪里配去谈"放下"二字？你要修炼成一个俗世高手，必然是坐拥珍藏、学富五车、受人敬仰、得人尊重，最后终被名利所累，到那个时候别人看你是耀光的幸福的，其实你内心却并不是那样。你只有放手，学会将得到的舍弃，才能减少贪嗔痴，才能无为，才能得自在境界,才会真正快乐。草木一秋,人活一世,人来到这个世界上,是求快乐的,名利只是手段,不是目的。但太多人却弄颠倒了,把名利当成了目的,他没有名利富贵就会不择手段去争、去抢、去夺,名利心会来腐蚀他的灵性,而一旦所谓"功成名就",其实离人生本质目的反而更远。

中国人什么事都喜欢讲一个"道"字,孔子不就说过盗亦有道嘛。鉴赏之道外人看来是雕虫小技,至多是一个小道,甚至是白相人的门道,很多人认为玩物丧志,摆不上台面。可你要真研究透彻了,这里包含的技术、学问、道理也是包罗万象,淹通古今,旁及百科,形而下可证物理化学,形而上能鉴文史哲学。而你真想印证明白这些道理,物质上和精神上都必然历经无数繁华热闹,也必然体会无数黯淡清苦,这是缺一不可的。人生的风景都将浓缩在这里面,风景的优异程度,关键看你走到哪重境界。我当年就说过,练习鉴赏之道,就像是上苍用这个来点化你,会让你尝尽甜头也吃尽苦头,其实这就是人生的一场修行!

虞老师今天讲了很多话,他是宁愿停一停歇一歇,也要把话都说完。他叫虞师母从五斗橱里搬出几本厚重的精装书来,告诉家骝,这些都是当年一起玩的朋友,去了海外之后出版的专业书籍,新中国刚成立那会儿,通过上海的友人才辗转送达他手上,这些年东藏西藏终于得以保全。这些旧友当时要么是一起玩的藏友,要么就是帮他张罗古玩玉器的商家,现在有的在香港、有的在欧洲,都是威风八面的大名人。虞老师指指一本皮封面烫金字的图册,说:家骝你有空就多看看这本书,这位老兄当年是我的供货商,新中国成立时去了香港,后来定居在瑞士,多年之前就是世界著名的鉴赏大家了。你平时没有精力专研,有空就翻翻图片,养养眼吧。家骝看封面上金光闪闪的"裘焱之"三个字,当中一个字十分冷僻,他不认得。

最后,虞老师伸手到枕头下面去摸索,摸了几把才摸到,抓在手中摆到家骝手心里,道:这是我唯一一件存在身边的藏品,家骝,留个纪念吧。

家骝摊开掌心,是一条小小的白玉鱼,像是从整件玉器的当中给剖开的,半面有弧度,雕刻着鱼鳞,另外半面平整,仔细看,上面却刻着两行字:"右卫领将军""道渠府鱼第二"。虞老师告诉他:这是唐代的玉鱼符,左右各半合成一件。我这里只有半件,另外半件在这本书里。他说完,用手掌拍了拍那本厚厚的图册。

家骝心情很沉重,说:这么珍贵的文物,老师唯一的珍藏,我怎么好收。虞老师指指虞师母:我们两个无儿无女,你是我唯一的传人,不传给你,我怎么办?虞老师说:这几十年的人生经历告诉我,韧性其实就是一个人的生命力。生活为难过你,可也历练了你,终究还是让你碰上了好时代,这就是命!要相信,你一定会比我强,西哲有云,这个世上只有一种英雄主义,那就是看清生活真相后依然热爱生活。家骝,你要记住!

这天家骝坐到很晚,临走之前,虞老师显得格外依恋,他说:我还有很多往事,很多美好的记忆,都没有跟人分享。心里还有那么多趣事,那么多秘密,来不及说出来,是多么可惜啊!怎么能够让后人记得,曾经有我这样的一个人,也到世间来走过一遭呢?我享过的福,我白相的兴头,我做过的许多事,就是让后人羡慕一下也好哇。他的眼中含着微笑,含着泪光,他是多么渴望有人了解他人生的得意与况味,可是终究落了空。或许只有人记得他后半生的落寞酸楚,又或者,就连这些也都很快会被时光磨灭干净。

虞老师不断朝他挥手致意,说的最后一句话是:不必去在意别人的眼光,我们每个人都有活得跟别人不一样的权利。我们有这个权利!讲到最后的几个字,他的声音接近于呼喊,因为憋在心里太久,今天他不吐不快,终于得到抒发。

跟虞老师认识十多年来,到今天,家骝才觉得真正认识虞老师,他是这样充满激情、充满浪漫的一个人。这么多年,生活终于把他压垮了。

家骝想到第一次见虞老师的情形,那天他着实花了一番工夫,才寻到税校家舍。这是一座红砖三层楼,转弯楼梯造在当中,到了楼面上,左右各有十几户人家。家骝走上三楼,统长的过道里排满煤球炉子、洋油炉子、锅灶、碗橱。各家的门都关着,过道里还飘荡着韭菜炒鸡蛋的味道,预示着里面午休的人们对于现实生活的某种满足。只有一个男人在自家炉灶上煮面条,家骝站在边上等了好一会儿,直到他把面条捞到碗里,才上前一步询问:请问,虞焕章老师是住哪里?男人拿筷子往右一点,却朝那边吆喝了一声:虞老师,有客!家骝顺着筷子走过去,听见门后面一阵窸窸窣窣的穿衣声,料想,这就是了。里面的声音停止,门转开三分之一,刚好露出一张疑惑的脸:找我?第一次见到虞老师那张脸,如果不凑近了看,你是绝不会相信他已经过了不惑之年,没一点皱纹的,可以用"丰润"二字来形容。这样的底色,在家骝的经验中很难找到参照物,家骝忽然想到陈耀祖和他父亲与虞老师略有相似之处。可是仔细辨析就会发现,虞老师的"丰润"之上罩着一层干枯,这底色再怎么顽强,到底是无可奈何地,正接受着岁月和生活合谋的侵蚀。即便如此,那时的他还是活泛的,落满霜花的外层之下有着难以掩饰的风华。

　　隔了几天,家骝赶到人民医院急诊室时,虞老师已经弥留,嘴里发出一阵低沉的呜呜响动,那声音苍凉而稚嫩,像小猫在黑夜里啜泣。虞师母弓着身子长跪在急救床边,双手握紧他的右掌,额头抵在老师手背之上,双肩在抖动。虞老师可能还看得见家骝跑进来,另一只手忽然张开五指向空中抓挠,家骝以为老师唤他,凑到左边去,却发现不是,老师在空中想抓住些什么,他的喉管里发出一点不甚清晰的声响,似乎是"咳咳""咳咳"的嘶气声。

家骠托住老师的手臂,他的手在半空中顿住,开始慢慢冷却。

十三

现在的孩子怎么才能进博物馆工作?家骠把砖头大小一个大哥大往办公桌上一竖,问陈耀祖。

怎么?自己当年没有圆成的梦,让孩子帮你去实现?陈耀祖的第一反应,就是想到了当年家骠立志要成为文物专家的理想。

这是其一。其二,主要是羡慕你们文化人有地位、有声望,工作还清闲,想让我的下一代也过过这种上流社会的好日子。家骠咧开了嘴,凑过去回答。

那要看谁家孩子了,如果是你秦总的宝贝女儿,读个省内重点本科,我使使劲儿,或许就能弄进来。

南南要是能够考上重点大学,我还找你来?我的陈大馆长。家骠单独跟陈耀祖在一起就很放松,他一屁股坐进陈耀祖对面的沙发,抖着一条腿,拿眼睛挑衅对面的这位。

副的,副的,别拿我开涮。就算真的是正馆长,权限也就这么大,进人是大事,主管局要管,人事局也插手的,现在不比从前,管理越来越规范了。陈耀祖没讲几句就扛不住,还是不会开玩笑。

我知道,跟你说着玩呢。说正经的,南南如果想进你们馆里,我是说正式职工哦,有编制的那种,得让她学什么专业才对口? 家骝看陈耀祖开始紧张,直接切入了正题。

大学可不比读个高中,你可以出点赞助费,美其名曰择校费,就能把孩子塞进去。要高考的,全国统考,我的秦总经理,想进什么大学就能进?想读什么专业就能读?这些年陈耀祖也算功成名就,成了省内外知名的学者,见过一些世面,但毕竟长期生活在博物馆这种象牙塔里,养成了一身的书卷气,有时候讲起话来也是很执拗的。

明白,明白,我不就是摸个行情吗? 南南这都高三了,你也知道,那个重点高中也是出钱进的。越是成绩一般吧,我更得给她把前面几步算计好了才行,你说是不是?我这半辈子,为了自己的事求过谁? 但是现在没办法呀,为了孩子就得到处求人啊。家骝说的也是实情,真是可怜天下父母心。

那也亏得是你身价千万的大老总呀,倘若换了平头百姓家孩子,真要没活路了。陈耀祖嘀咕了一句。

去你的,什么身价千万,都是国有资产,又不是个人的,我充其量就是一保管员的角色。家骝道。

陈耀祖也就言归正传,把情况给他交了底。现在想进机关事业单位的人很多,因此招录条件和程序越来越苛刻,你有社会关系是一层，还得孩子的基本条件够得上，至少要符合报名条件吧，像博物馆这种专业单位最硬气还是专业对口，本科是起跳台阶。虽说主管局和用人单位多少还有一点调控权，可是一般都需要走公开招聘的程序，条件差得太远的话就不太好操作，多少双眼睛看着呢。南南这孩子成绩高不成低不就，想考南大历史系、复旦文博系可能性是不大，低一档的，本省师范大学有个古文献专业，艺术学院有个文物修复专业，都跟博物馆业务沾边，如果能读这两个专业，将来毕业真的想进博物馆的话就会比较好操作。不过，这两所大学毕竟也是省内重点，不太好考。如果学校再差，招进来的话，就比较难看了。

家骝点点头，嗯了一声，说：看来去师范大学读个古文献专业是唯一可行的通道了。陈耀祖听他的话音，好像读个大学轻而易举，望着对面的这位不好多言语。家骝说：今天也就是来摸摸底，说实话，到时候南南真的大学毕业了想进博物馆，你帮忙是跑不了的。但是也不要有压力，我方方面面也认识一些人，不会要你一个副馆长出来挑这个担子。不过，你毕竟是现管，人事政策上万一有变化，知道得比较清楚，要及时通风报信给我，免得出现意外。

多年的职场生涯和市场锤炼，家骝行事越发老辣，可谓滴水不漏。而陈耀祖听他的意思，好像南南进重点大学已经是手到擒来，便更加疑惑。

家骝说公司里事情很多,得赶紧回去,便起身告辞。过了一会儿,陈耀祖回过神来,追到大门外,扯住家骝的手,低声对他叮嘱:你可别犯浑啊,贪污受贿的事咱们可不能碰!家骝笑了,说:你想什么呢,我像那么没脑子的人吗?在商场上鏖战这么多年,对手遍天下,朋友也遍天下,还用我给人学校送钱去?我就是真想送,也找不到收的人呀。

陈耀祖那年进了博物馆,不久全国就开始落实干部的"革命化、年轻化、知识化、专业化"政策,馆里像他这样符合条件的青年人才不多,他很快就被提拔为中层干部,成了人人看好的后备力量。此前馆里招过一批年轻讲解员,以老干部子女为主,这些根正苗红的年轻人进馆没两年,就纷纷成了家,大部分是"内部解决",肥水不流外人田。其中有一个最漂亮的姑娘刘向红,父亲原来在市委组织部工作,后来下放到企业当政工干部。刘向红心高气傲,看不上同期招进来的那些男生,最后落了单。现在陈耀祖进了馆,是年轻人里唯一的本科生,她父亲多年做组织工作,刘向红耳闻目染,是掂得出大学生的含金量的。再说同样是大学生,本科跟大专还差着一个档次呢,这一点在她心里也是十分清楚的。从刘向红的生活经验来看,陈耀祖可以打九十五分:学历是好的,卖相是好的,脾气是好的,家庭出身嘛,现在都平反了,甚至社会上还悄然兴起了海外关系、资方子女吃香的潮流,家境也是好的。关键是事业上一片光明,前途大好,这些当然都属于上选。唯一美中不足,就是年龄偏大了一点点。她征求父亲的意见,父亲是最掌握上面动向的,说:才三十出头,大什么大,人家是本科生,你没见很多知识分子都过了四十岁才结婚吗?父亲的开通,让年轻人甩掉了顾虑,于是刘向红一反常态,主动向陈耀祖发起进攻。同期的男生都看呆了,说:这个心高气傲的刘向红这是怎么了?没看出那个呆头呆脑的大学生有什么好呀。刘向红才不管他们的意见,你们自己从小都没好好上过一天学,懂什么叫作人才!"四个现代化"建设,各方面人才将来才是真正的主力军!

俗话说,男追女隔重山,女追男隔层纱,何况是刘向红这样聪明漂亮的姑娘,她跟陈耀祖的婚事就这样顺顺当当成了。岳父对这个女婿十分满意,直夸女儿的眼光好。而陈耀祖家对这个儿媳妇也是一百个满意、一千个满意,人家出身老干部家庭,本人是国家干部身份,对陈耀祖又一心一意,这样的好姑娘打着灯笼也难找,真是天赐良缘!不到两年时间,各级加大"四化干部"使用力度,陈耀祖毫无争议地被提拔为副馆长。这一切都来得太快太顺利,陈耀祖却慢慢感到了前所未有的压力:进馆工作没几年,虽说他是名牌大学历史系毕业,但实质上历史系所学跟博物馆专业距离很远,到库房清点文物,他连卣跟盉都分不清,连"元四家"跟"四王"都不知道,在专业上更毫无建树,现在陡然坐到那个位置上,自己心中是有数的,惶恐而有愧。因此有人在背后说他官场得意情场也得意,全凭运气,更难听的说他吃屎碰到酱斑豆,靠的是岳父这座靠山,这些话传到他耳朵里,他也从来没有反驳。他是在北大荒吃过苦的人,不知道什么叫作困难,碰上了这么个干事业的好时代,要是不做出成绩来也真对不起自己。他跟刘向红一合计,全家支持他搞业务,开展科研攻关,不信一个名牌大学生搞不出点名堂来!

陈耀祖分管研究工作,名正言顺在库房和资料室盘桓,上手馆藏文物,整理学术资料,向馆里老人请教问题。那些老职工学历不高,但在单位工作多年,什么事他们不知道呢。看这位新上任的副馆长、年轻的大学生、资本家的少爷,却没有一点架子,待人和气诚恳,尤为难得的是谦虚好学,不耻下问,慢慢都对他刮目相看,都愿意跟他交流接触,把很多有用的信息和经验提供给他。陈耀祖结合馆藏文物开始撰写论文,在百废待举的文物行业迅速冒了出来,文章频频在《文物》《故宫博物院院刊》等顶级学术刊物上发表,一举打破了市博物馆几十年论文发表的记录,一时成了本地公认的"学术权威"。不到四十岁,陈耀祖就被省里破格评上副研究馆员职称,成为全省文物系统最年轻的几个副高级专家之一。此后,外地各种研讨活动、考察活动纷纷致函到馆邀请他去参加,他完全融入行业里了,结识的同行越来越多,活动的半径也不断扩大,各类学术资料在他那里堆满了案柜。

有一次家骝去他那里玩,顺手翻到一册《1984 年西安张家坡出土文物简报》,发现这次出土了大量西周时期玉器,据说前所未见,十分奇异,也就随口说了一句:要是能够看到这些玉器图片就牛了。过了一个月,陈耀祖把一本照相册放在家骝的面前,说是请中国社科院考古所的朋友多洗了一套,这些文物资料还没研究发表,外面可是看不到的,把家骝震得肃然起敬。

从此家骝就知道了陈耀祖神通广大,经常缠着他要资料,尤其是很多玉器鉴定、定级方面的内部资料,多多益善。当时文物图书出版极其罕见,文物系统内部各地文物局、博物馆、考古队、文物商店等机构经常会印一些培训资料、参考信息,虽然制作粗糙,但那就是当时最前沿的专业资料了。家骝在商场闯荡,对于信息具有职业敏感度,不管是商业信息还是技术信息,他知道都是宝贵的。于是陈耀祖就成了他的义务采购员,在单位上班帮他向各地去索要,外出开会还得帮他带、帮他买,刘向红说:家骝你真不把我们老陈当专家,那么重的资料几千里路帮你拎回来,他一个高级知识分子,可是我们社会主义事业的宝贵财富呀,你也不怕累着他!家骝说:小红你要当心,他实质是潜入社会主义阵营的资产阶级代言人,我罚他做点体力劳动咋啦,这是提防他蜕化变质,都是为你好哩。刘向红就笑着骂他贫嘴。

陈耀祖后来去家骝家里玩,发现除了自己帮他寻觅来的各种资料,书橱里港台新近出版的文物图书也越来越多,这些书籍只有在广州、上海的黑市上才能搞到,这家伙是下了功夫,也花了大血本了。

陈耀祖问家骝:有钱了,手痒了,又开始买玉了吧?

家骝说:现在集市情况跟我们小时候差不多,都是一些人偷偷摸摸躲在集邮市场里夹带着卖,贩卖文物毕竟犯法嘛,抓住的话跟走私一个罪。你看看《民主与法制》上那些打击盗掘古墓、走私文物的纪实文章,政府的力度何等雷厉风行,触目惊心哪同志! 现在也就出差时顺手买点,主要在正规渠道买,但是北京、上海、广州、天津的国营文物商店,价钱高不说,想买好东西居然还要找门路,没有交情不给你看,看到了也不卖给你,荒唐吧?

陈耀祖说:你家里有棵摇钱树,天天日进斗金的,财大气粗啊。几百块钱买块小石头,我们上一个月班都赚不到这么多,是想也不敢想的呀。我老婆要这么能挣钱,我也想当收藏家。

家骝说:别净扯淡,要是有一个端着铁饭碗的老婆,我至于嘛! 家里坐着一个安徽农村户口,既就不了业又无田可耕,只好开个路边店自谋出路,生着一张嘴,要吃饭的呀! 你爸爸落实政策退回的工资和定息,够吃好几辈子,你一个资本家后代,倒跟我来哭穷? 家里发还的古董成堆,自然是不必到市场上去穷折腾,你呀,是天生享福的命。

其实家骝也就是逗着他玩,他知道陈耀祖和刘向红的兴趣不在这个方面,他们夫妻两个真正喜欢的是收录机、彩色电视机这些时尚产品,哪怕买电子表、照相机也不会去买那些古旧货,这些在当时是一种新潮时髦和生活品质的象征。陈家后来发还的红木家具,几个哥哥都不要,前几年都让他们夫妻贱卖给了寄旧商店,那价格低得连买套新的组合家具都不够。事后家骝知道情况,想想就心痛,他想不通这种用纤维板胶合起来的新式家具有什么好,直埋怨陈耀祖为什么不转让给他,自己愿意出几倍价格的。陈耀祖笑笑:早知道你连老家具都喜欢,直接送给你就完了,留在家里占地方不说,坐着还硌腰,刘向红每次打扫卫生都埋怨,雕花的犄角旮旯里收拾不干净,放在家里看了都触气。后来按照知识分子政策,陈耀祖分到一套组合房,就从陈家老洋房里搬了出来。据说,刘向红通过文物商店的小姐妹,把分到陈耀祖名下的古董书画瓷器都折价变卖了,最后这些钱都变成了他们新居港台风格的洋派装修,着实被周围同事羡慕了好一阵。事后家骝偶尔问到陈耀祖,他不愿意多讲,只是推脱国家有政策,文博系统工作人员一律不准收藏文物,家骝便也不好再多说了。家骝清楚,陈耀祖只是将文物当作工作的对象,只是把文博事业当成一份应当恪尽职守的职业来对待。

可是,在家骝心目中,有个道理一直想不明白:如果对于文物没有深切的情感,没有由衷的敬爱,那么能够真正深入其理、研究透彻吗?从本质上说,像陈耀祖这样的人都是勇于

面对现实、追求新潮,并不是习惯于回过头去往后看的人。家
骝在心里想,耀祖居然成了文物专家,挺滑稽的。

十四

　　家骝很难为"三块"界定身份。说他是古董商吧,他不开
店,却经常会从东家店里借出东西给西家看,又把东西从西
家店里弄出来给东家看,来回"扛木头",他说他的心最平,每
件只赚三块,少了不行,多了也不要。有时候碰上客户较真,
价格谈不拢,他会当面一个电话打给原主,要求降低结账数
目,理由很简单:我三块赚头都没有,这生意还做个毛啊做!
可要说也怪,很多原本在店铺中积压多年的东西,一到他的
手里就是好卖,因此开店的也只好眼睁睁看着这也三块那也
三块进了他的口袋。近年钞票有点毛,一百一张的大钞都不
禁花,行里把一百元叫作"一块",口气就是比小菜场里的商
贩豪横。说他是走家串户收购古物的地皮客吧,他也不好好
"铲地皮",甚至把东西还放回地头上去。有人亲眼见过他把
东西放在夹城里老户家里或者南禅寺店铺里,再领着熟人前
去淘宝,一不小心却把自己的东西先出了手,行业内叫作"埋
地雷"。这种生意一旦做成,他犒劳埋货老户和店铺的酬金,
也是三块。老户或店铺跟他磨,想克扣他的货款,门儿也没

有——我自己每件都只赚三块,东西在你这里放几天怎么了,以为是靠你卖出去的?再黑心,下次放隔壁去,让你看得见吃不着!说他做这行生意吧,有时候他连东西都不卖,光卖消息,告诉你谁谁手里有什么宝贝,以前是从哪家买入手的,现在想出手云云。你要他带着自己前去看货,又或者由他的信息引渡而最终成交的话,他取酬的价码依然是三块,并且坚持多年不涨价,当然更不可能降价。这三块是铁硬的三块,因此这个名号只能归他所有。

若要问"三块":这个城市里你最愿意跟谁做交易?报出前三个名字来,"三块"一定会说:秦总、秦总、秦总!"三块"说过,最喜欢跟秦总打交道,你要送货给他看,根本不用多说,只有他看上看不上,看上了,基本不还价,肯定让你赚够三块。哪怕一件看不上,生意没做成,家骝也总会请"三块"下馆子吃一顿,炒炒爆爆,两瓶十五年醇的惠泉黄酒是少不了的。有时候他正好在忙事情,实在没时间陪"三块"出去吃饭,肯定会随手拿出几盒好茶叶,也可能是两瓶好酒,让"三块"回家美美地享受。人心都是肉长的,且不说人跟人的情感,就说这样的好买主,上哪里找去?"三块"从来不跟家骝玩花活,每次见到好玩的、稀奇的,必定第一个送到家骝的眼前。不过,"三块"也说过:你千万别在秦总面前虚头巴脑,人家什么看不明白,很多时候是人家给你留面子,不当面给你点破让人难堪罢了。在行里几十年,这点深浅好坏他是懂的,否则怎么在江湖上混饭吃？

　　正如此刻，家骝请"三块"和他朋友吃饭，今天多一个人，菜点了满满一桌，惠泉黄酒已经开了五瓶。看朋友吃得很欢，一个人就喝了两瓶多，微醺带出汗，脸上已经一片水光，可就是闷声不松口。这让"三块"很坍台，因此他今天不开心，两只暴眼不时朝天翻转，似乎随时要夺眶而出。家骝还是微笑着招呼他们吃好喝好，一点没有见怪的样子。

　　也怪"三块"逞强，怕在家骝这里失了面子，今天才硬缠着朋友找上门来。本来以为上了人家的门，价格又好商量，朋友总会心动，乖乖把白玉印章转让出来，哪知道这位仁兄油盐不进，就是不肯开价，这让他束手无策干着急。每看朋友往自己杯子里倒一回酒，"三块"就在心里恨：对面要是个行里的人，他就得大耳刮子招呼他！可恨就可恨在这里，朋友并非是行里的职业生意人，你拿他还真没啥办法。谁让是你死乞白赖硬架着人家来的呢，人家事先也对你说明了：这件玉印不卖，留着自己玩儿！

　　这几年市场经济迅猛发展，民间的活力被激发，社会呈现出全新的局面，人心里都涌动着一个声音：新、新、新，冲、冲、冲。社会安定团结，一切事业蒸蒸日上，人们温饱之余，精神消费的需求自然而然就产生出来，民间交易早已经如火如荼。什么也挡不住各地发展经济的热潮呀，从南到北都在深化改革，都在寻找突破原有禁锢的领域和方法。开始的时候，一些地方还藏着掖着试探观望，开办了交易市场取个名还只敢叫作"旧货市场"，有人说是犹抱琵琶半遮面，后来思想逐步解放，干脆就直接叫"古玩交易市场"。本地近现代以来夙称工商名城，雅号"小上海"，经济发达自不待言，就以古物遗存而论，也称得上家底丰饶，古玩交易历来活跃。早几年，便悄然在崇宁路形成了地摊一条街，市中心这条不足五百米的小马路，每逢休息天便自发形成集散市场，来自全国的古玩旧货经营者出摊兜售，而城乡民众与爱好者也是闻风而动，摩肩接踵、挤挤挨挨驻足观看，看中了蹲下来砍一回价，熙熙攘攘中交织成人世间一幅幅烟火景象，《江南晚报》的新闻标题说，这是"城市一道亮丽的风景线"。城市管理者深体为民服务宗旨，为消除交通堵塞隐患，发布公告将市场迁入具有近百年历史的城中公园内。辟出店铺空间，划定地摊区域，于是连续经营户与临时从业者汇聚一园，市场扩容，购销两旺，愈加繁荣。之后又数年，眼看公园内发展余地有限，管理者便顺从产业发展趋势，开辟建设规模更加宏大的南禅寺古玩工艺品市场。说是一个市场，实则包罗万象，既有古玩一条街、珠宝一条街、地摊广场，又有小吃、休闲、购物等诸多功能，数年之间迅速演变为百业繁庶、五方杂处之地。当然，此刻南禅寺刚刚投用，本城古玩市场还处在从城中公园向南禅寺过渡的历史演进阶段。

话说半个月之前，"三块"给家骝送货，生意成交之后，去迎宾楼老菜馆喝两杯。那天家骝正好空闲，两个人就一边喝慢酒，一边聊聊古玩行里的奇闻逸事。这可是"三块"的专长，在这个行里有什么事是他"三块"不知晓的呢，一扯话头就长了。酒喝到差不多的时候，家骝还叫服务员打包一只红烧蹄髈，让他带回去慢慢吃。"三块"端起酒杯敬家骝，发出了感慨，说：秦总你这么大一个总经理，对我一个社会底层的小人物，这么多年来从没低看过一眼，这份情谊我"三块"记在心里！有生之年一定要帮你寻觅一件稀有之物，说到做到，我"三块"得还你这份情！那天家骝也多喝了几杯，讲话直来直去，说：寻到真正称得上稀有之物的宝贝谈何容易。"三块"看家骝不信，倒先有点急了，说早几年就看好朋友家里有一方白玉古印，印台很薄，跟之前送给他看的明清玉印完全不一样，玉质白得就跟羊油似的，印钮刻一只动物，关键是印面上还有四个篆字，只认出三个是：山，月，人。因为"三块"对玉器所知有限，给家骝送货也闹过不少笑话，家骝就取笑他：听你这一说，似乎是方汉印，可汉代玉印从来也没见过刻这种闲文印面的呀；如果是明清玉印，你也给我寻过几方精品，你说这种小印章能有多稀罕？"三块"见家骝不以为然，更急了，可他又说不明白，只好拿筷子敲着清蒸甲鱼的盆沿赌咒：这个玉印我盯了不是一年两年了，可朋友死活不肯出手。我敢发誓，你要是见了不动心，我变个活乌龟在水里游给你看！

这些年"三块"经常给家骝送玉器，家骝也每每指点他一二,如今他的眼光也不至于真差到哪里去。家骝听他讲得郑重,倒来了兴趣,不管东西什么成色,先看到实物再说。这就是玩收藏人的通病,好奇心强。家骝对"三块"说:如果是确如你所说的稀见品,价格好商量,你朋友卖或不卖都无妨,总要让我欣赏一下实物,看看你到底是否言过其实啊。"三块"把胸脯拍得砰砰响:秦总你放心,我无论如何把东西拿来给你过目。他是心中有数的,朋友也不是当真不卖,只是对于这枚玉印没有研究明白,怕卖漏了,因此一直绷着不肯开价出手。他上门动员朋友,朋友见他说得恳切,再者听说给他介绍的是一位有实力的大老板,嘴上说看看可以,这枚玉印我是不卖的,脚也就跟着他走了。

"三块"见家骝捧着玉印十几分钟没有开口说话,就知道他看在眼里拔不出来了,这么多年交道打下来,彼此已经可以心照不宣,"三块"知道现在该是他出力的时候了。朋友见家骝久久不说话,察言观色也看不出个所以然,他知道这个行业诡诈多,越是事态不明就越是要沉住气,"三块"在边上越是一个劲劝他开价,他越是不搭腔,只顾闷头喝茶。被"三块"催得急了,朋友提议让家骝开个价出来听听,"三块"斥责哪有叫买方发价的道理,他就说:我又没想卖!家骝知道今天自己开高开低都不会成功,对方无非想听听报价摸个虚实,莞尔一笑,抛下一句话:东西我很喜欢,朋友你想出手的时候,可想着第一个拿来给我。价格,咱们好商量!

　　　　　　　　　　　　凡尘磨镜录

聊了一个上午,眼看到吃饭的点儿,家骝邀请他们去迎宾楼小酌几杯,朋友没有推托,"三块"却谢绝,说:等会儿还有事,饭就不吃了。他觉得今天事情办得不漂亮,不好意思再留下来吃饭。可是家骝一把拽住他不放,说:"三块"到我这里来,哪能不留饭,再说今天这位朋友是初识,不好就这么走的。这话很给"三块"面子,他也就不响了,家骝叫司机开车送他们上迎宾楼。

刚才玉印在家骝眼前展露出来的时候,他激动得几乎要窒息了:印方一寸,高约五分,台厚两分,这个比例确实符合汉代玉印的规制,如故宫那枚著名的"婕好妾娟"汉代玉印就接近这个比例。但是印台宽薄,也是元代玉质押印的特征,元代押印是当时高级贵族的签字印鉴,同样十分罕见。印钮俯刻一只蟾蜍,有孔横贯其身。蟾蜍双眼以管钻深挖,双睛炯炯有神。"山月近人"四个满白印文,规矩端庄,写刻精良,绝非凡品。玉质不仅细白还肥润,白中透出一点奶黄色,没一点玉花。由于是早年出土,接触过人气,僵白土沁开始转向淡黄。唯一可惜的是,当初入土在南方酸性土壤墓室,玉器表面略有侵蚀,蟾蜍身躯纹饰斑驳,眼眶上方两道凸起的眉毛,原本有砣碾的精刻线条,现在已经漫漶不清。家骝迅速判断出,这是一枚元末明初的高等级文房器物,一定要收归囊中,必须确保万无一失。

用了一个上午时间,其实双方都是在测试对方的底牌,谁也不敢贸然出手,冒失轻进很容易把局面搞僵。到了迎宾楼,三人坐定,精美的菜肴端上来,几杯老酒落肚,这说话的氛围又跟刚才在公司办公室里不一样。朋友除了不开价,其他方面也肯略微透露,说起多年之前他在一位老者家里收古物,起初看中一个清代玉童子,可价格怎么也谈不拢,最后老者将这枚印章作为赠品相送,才达成生意。因老者年轻那会儿在惠山之麓石门下山坳里翻整坡田,偶尔从泥中掘得此物,僵白黯淡如同大理石,老者丢弃在抽屉之中半辈子也没当回事。东西到了朋友手中,他见花纹精致不是寻常俗物,便时时抚摸把玩,印章才逐渐露出白玉真容,他意会偶然之间得到宝物,由此不断钻研,越研究觉得价值越高,以致秘不示人,居为奇货。随着脸色转红,朋友话越发多起来,既得意又纠结,心态暴露无遗。"三块"了然家骝的心思,心里说:确实是钓鱼的高手! 家骝在想心事:这枚玉印果真是稀有之物,但主要体现在文化和文物价值上,一般商贩并不会懂得。如果仅仅将之当作一件白玉挂件,品相上还有所欠缺,市场里能够看到的价格估计也就在两千以内,那些开店的收购,肯出的价码当在半数以下。家骝心里盘算停当,不断给朋友斟酒劝菜,气氛更加热络。

家骝问:此物年份如何判断,想必朋友自己也有主张,大家趁着酒兴探讨一番,供彼此参考如何? 此物如果出手,心里价位又在多少? 知道,你今天不会卖,只是问问,大家都不当真,权作酒后乱说。

此时朋友脖子发粗,眼光迷离,舌头也有点大,说:我觉得像汉代的玉印,说错你千万别笑话,我是对照了书上,越看越像。这样的古董我看送进北京拍卖会能拍到一两万元,怎么说也能值个小一万!

"三块"跳着脚叫起来:要死了,一个公务员干一整年,也就挣个万把元钱,你是癞蛤蟆打哈欠——好大的口气。这样说酒话,也是真敢开价。

朋友说:秦总做证,又不是当真开价卖给他。我们只是探讨一下价值。我是觉得值这个价,这是从理论上说的。

家骝说:对,对,只是探讨,讲自己的想法。从价值上讲,值一万是没问题,但要讲市场里能够实现多少,那是另外一回事。今天反正不卖,价格问题我们可以放在一边。我认为这枚印章,年份上,肯定到不了汉代,《篆刻史》上有论断,闲文玉印出现在唐宋以后,这点基本是客观科学的。从印面篆书文字的风格来看,也决计到不了汉,这点比较容易印证,只要粗粗研究一下篆刻的流变就可以判断。至于此印是唐宋还是明清,值得研究。其实玉器断代是个难点,宋代仿汉代,明代仿宋代,乾隆又仿明代,实在不容易弄明白。家骝轻轻松松几句话,就把朋友的幻想推翻了,但是他说的确实是正论,并无欺瞒。刚才朋友说出了心里的底价,这下他就定心了,知道玉印跑不掉了。但是看来今天火候还没到,朋友的心气正旺,此刻你即便答应了给一万,他肯定也决计不会出手,只会转念头又想:肯定值十万。不能着急,急则坏事。

朋友嘟哝了一句:其实我也感觉说汉代牵强,东西还是缺乏那么一点旧气。不过这玉印无论如何明清总是有的,秦总能够看到什么价位?

"三块"早已看出门道,他知道三十六计中有一计叫作欲擒故纵,今天话说到这里,其实已经差不多了,便不再敲边鼓,静观他们比拼耐心。过了一会儿,果然听家骊说:大家在市场里跑,其实都清楚这样一件明清白玉,在古玩店里可以卖出的价格——朋友端起的酒杯停在嘴边,肩膀挺得板正,拔长耳朵在等对方的底价。可家骊却不往下说了,举起杯子敬他们酒,不住劝吃菜。

三人吃完下楼,在菜馆门口分手,朋友又跟上一句:秦总不妨说说心理价位。家骊笑着道:我是能看到十五块以上,你可以再去市场里访访,如果有出价比我高的,可以来告诉我,我永远比别人多出三块!家骊对着"三块",调皮地一笑。朋友低声嚷:怎么,才十五块?家骊道:不,是肯定在十五块以上,当然一万嘛我暂时看不到的。朋友低着头想了会儿心事,跟家骊互相留了电话号码,告辞而去。

"三块"说:这种外行就是心太大!想靠一件东西发家呢,哪有这种事情。家骊说:也好理解,毕竟没见过多少好货,自然就容易把东西看得重些。家骊也没必要对"三块"隐瞒,说自己对这个玉印是势在必得,价格上当然越低越好,但是也没必要拼命压,毕竟东西是真好,文化价值很高,而且东西文气,是件难得的雅物。"三块"不免得意扬扬,说:我没骗你吧,你上手看东西一声不出,我就晓得你是必定下手了。家骝说:跟行家打交道比较爽气,跟这些半外行做交易不容易,他们不按行规办事是家常便饭,说过的话也好随时反悔,有时成交以后还可能觉得吃了亏,再来找后账,所以跟他就要格外小心。这一点"三块"特别有感触,连连点头,说有时候为了一笔小生意,弄到朋友都没得做。家骝请"三块"盯着点,火候到了就帮他把东西买下来。

十五

　　家骝身边有不少朋友跟着他一起玩,有的是因为玩玉后来交成朋友,有的原先就是朋友,慢慢受到影响也开始一起玩玉。玩友又分成几拨,有的专门玩新玉,拉着他苏州、上海跑得跟小区之间串门似的。有的专门玩明清玉器,路线拉得就更远了,北京、天津、太原是家常便饭,就近也是南京、合肥、扬州,都说把钱都捐给了铁道部、交通部。还有一些专门玩高古玉器,倒是不用常出门,只要在家等着,自有徐州、高淳、溧水、六安甚至更远地方的捎客送货上门。后来这些朋友又各自带着他们的朋友加入玩玉大军，人数在不断扩充，圈子也不断延伸。一起玩的时间各有长短，鉴赏能力也各不相同，每个人的性格趣味相异，脾气品性自然也是参差不齐。好在均是正当年的岁数，凑在一块玩玩也就图个乐子，这些人在一起不断分化组合，又悄然形成了几个群体，按其亲疏远近各行其是，家骝总是他们之中的核心。

一个全国文物交流会在本市举办，几拨朋友打电话约家骝前去逛逛。因为参加此类交流会的都是各地国营文物商店，做的主要是外行生意，他们的标价跟拍卖也差不多，基本没有什么便宜给客户捡，家骝的兴趣不是很高。既然几拨朋友都想去开开眼界，家骝说要不就交流会正式开幕的前一天，大家在展览馆现场会齐。早有朋友给他通风报信，参展的商家会提前一天进场布展，当天下午生意其实已经开做。想在这类交流会上买东西，要么赶早要么赶晚，当然最佳是赶巧。

家骝到达展览馆的时候，已经有朋友先到，说价格贵得离谱，只好图个上手，饱饱眼福而已。家骝跟朋友再转一圈，每个摊位上都扫视一遍。这是多年以来养成的习惯，别人浏览一遍发现不了的漏，家骝都能够挖掘出来，拿虞老师当年的话说，熟能生巧尔。别人以为是他运气好，可家骝心中暗笑，自己是千锤百炼出来的基本功，这个世上哪有无缘无故的运气一说？

这两年东西价格涨得很快，原来国营商店标价一千多的白玉扳指,现在都在六七千以上了。家骝忽然看见一只雪白扳指,标价居然只有两千,便请店员将整盒扳指摆上柜台逐个上手。他不动声色看完一遍,这枚清中期白玉扳指虽然尺寸偏小,却完美无瑕,难能可贵的是扳指腰身中段还留着一片黄皮,被巧雕成为一朵灵芝,绝对是这盒扳指里的翘楚!可为什么偏偏它的标价最低呢?家骝一看扳指内壁的标签马上明白了:这张是十多年之前的旧标签,最近贴上去的新标签却被工作人员不小心给落掉了!他翻看其他扳指,果然都是在旧标签之上加贴了新签。唉,这工作态度!家骝在心底发出一声哀叹。

家骝拿脚在柜台底下踢踢旁边的这位,又看了他一眼,拿眼睛示意:你不是老说没有机会捡漏吗,为什么还不动手?朋友接过扳指,仔细看了一遍,问店员:能打几折啊?家骝心里开始发凉,如果店员发现这枚扳指定价异常,可能要买不成。店员正为布展的一番劳作满怀郁闷,看也没看一眼,道:八折。朋友还在磨叽,问:再便宜一百,一千五成不成?店员拿过扳指看一眼,嘀咕了一声,哪恁嘎便宜?随即回答道:阿拉是国营店,价钱和折扣侪是死的,不好再低了!要伐?朋友有点忸怩,涨红了脸,对她说:便宜一百就要,这个价太贵了点。店员没有接他口,把扳指朝锦盒格子中间一丢,将盒子重新锁回柜台里面,拿起杯子转身去泡她的茶。家骝脸上红了一阵,两人正要转身离开,另一拨朋友也到了,看了一圈也是感觉

东西普遍贵,每年涨价的趋势是明显的。后到的朋友问家骝:
难道一个小漏也没有?家骝说:有!

　　于是一群人重新围到刚才的柜台前,店员正捧着保温杯
喝茶,几口热汤落肚,脸色有了转机,心情似乎比刚才好很
多。家骝请她重新取出扳指,后到的朋友看一眼家骝,家骝朝
他点点头,这位就对店员说:这件我买了。店员很矜持,也点
点头,表示赞许:阿拉看这个标价是标错脱了,反正阿拉只管
卖,标价不是阿拉个事情。刚才是看在开张生意才答应八折,
这种货色平时在店里,是一眼折扣也勿可能打个!后到的朋
友说:谢谢你大姐,我是外行,没有买过古玉,今朝是头一回,
也是缘分。店员听见"缘分"二字,忽然露出笑容,说:就是讲
呀,阿拉也老相信缘分个!阿拉一看侬个面相就交关投缘,帮
侬再便宜脱一百,一千五成交好了!早到的朋友站在人群外
围一声不吭,后到的朋友连声告谢,伸手去掏钱,一摸口袋却
"啊呦"一声,大家的心都替他提起来:怎么,钱包被偷了?后
到的朋友赶快说:不是,不是,今天出门走得仓促,忘记带钱
包了!大家一阵放松,家骝说:我有现金,边说边掏出一沓钞
票。后到的朋友点出两千,一千五付给店员,五百放进口袋,
以备后用。将扳指套上拇指,大小正好,像是为他定做的一
样。店员说:缘分。早到的朋友站在人群后面,神情不可捉摸,
眼睛里在琢磨:有大漏自己不捡,明明身上带着现金却借给
别人,是什么道理?到底是漏,还是药?

一群人看满场也没什么好买,准备出门寻地方喝茶去,迎面却碰见"三块"领着一帮朋友正往里走。他甩开两条长胳膊,像整条路都是专门给他一个人走的。"三块"远远看见家骝,赶紧小跑几步把他拉到角落里,问最近他朋友有没有打电话给家骝,家骝说没有。"三块"告诉他一个喜讯,朋友拿着玉印到南禅寺、城中公园几个市场里去摸行情,结果没有一个店铺开价高于一千。最近他手气又背,欠了几千赌债,心气是下来了,倒主动打电话给"三块",要他约家骝见面。"三块"说:我没有马上答应他,是因为他这个人不到黄河心不死,还没到走投无路的境地,就不会真心出手。家骝说:也别绷得太紧,当心线断了。"三块"说:不能!市场里哪个能出到一两千。家骝说:到他直接打电话给我,估计就真的差不多了。最近公司比较忙,可能要出差,到时候还是由"三块"出面全权处理为妥,有了中间人,他就是日后反悔也不好意思。"三块"感觉到了家骝对他的信任与倚重,爽快答应下来,问:多少尺度之内可以拍板? 家骝说:四千以内你不用来问我,直接做主,超过四千你给我个电话。你的酬劳我另外付。"三块"手摇得像风车,说:不用,不用。

　　果然,没过几天,家骝正在北京出差时接到"三块"朋友的电话,电话那头支吾了半天,最后问:"三块"答应出四千收购玉印,可当真? 家骝说:我的话历来是作数的,此事委托"三块"去处理,你们一手交钱一手交货。电话那头有了笑声,连声说,好好。搁断通话的同时,"三块"的电话也到了,他给家骝报喜,说玉印终于谈妥了。家骝问他怎么会这么巧,授权给他四千,就顶格成交了,"三块"说:我跟他是快刀斩乱麻,一句话成交,省得麻烦。家骝在心里暗叫不好,"三块"过于急躁,这桩交易恐怕是要流产。"三块"却很自信,认为不会,自己马上拿现金过去交割,保证今天晚上东西就送到他家里。家骝嘱咐"三块",如果朋友反悔,千万别跟他闹僵,买卖不成仁义在,切切。事已至此,家骝也是鞭长莫及,就吩咐"三块"去小兰店里取现金,给小兰也打了电话,就等着晚上"三块"来报告结果。

到吃晚饭时候,"三块"的电话过来了,果如家骝所料,朋友临门一脚的时候反悔,不肯拿出玉印,说非一万不可。气得"三块"想破口骂娘,可是想到家骝的叮嘱,忍住了。家骝说:不用恼火,这种患得患失的人你拿他没办法,火到猪头烂,只能用文火慢慢熬。

家骝出差回来,买扳指的朋友特意为他接风,约了那天去展销会的几个玩友作陪。朋友还了借款,还硬塞给他一个红包,家骝一摸不是现金是购物卡,便也就笑纳了。

朋友说了最近两个周末遇见的奇事:那天买了扳指,次日就是星期天,他戴着扳指逛南禅寺古玩街,发现一位开店老板老拿眼光扫他,最后老板主动开了腔,请他进店,问他扳指可肯割爱。朋友就逗他玩,说:老板多少可以收呢?老板伸

凡尘磨镜录

出四根手指头,朋友笑而不答。这事就算过去了。下一个周末,朋友恰巧又从这家店铺门前经过,只听里面在嚷:喏,喏,就是那人!他又被老板请进店堂,老板指着一位客户说:这位玩家一直想买只高档扳指,恰巧上个礼拜我看见您手上的这只,觉得特别合适,可您不卖啊。今天客户正好在店里喝茶,能否脱下来让他欣赏欣赏?客户取在掌心端详半天,连声赞好,说:我出个价,您看是否合适,如果愿意咱们就成交,如果不愿意就算我没说。客户伸手就跷出拇指和食指,这就是八千了,也确实把价格出到位了。朋友说自己也刚买,没有出让的想法。他们一听是刚买的,倒来了兴趣,好奇打听入价,朋友索性让他们眼馋一下,说出了一千五成交价格。对面的两位就连拍大腿,说要早知道交流会上还能有这样的大漏,紧赶慢赶也得去一趟啊!

家骝说:赶去也没用,要看缘分的呀。大家都说对,赶早不如赶巧,一起举杯祝贺得宝的这位。同一桌面上,早到的朋友脸色有点不活络,低声嘀咕一句:要说缘分,这件还是我先看到的。好在当时人声喧闹,没人注意到。事后,有人来给家骝传话,说先到的朋友在背后讲家骝偏心,看到了好货不让他买,倒让后来的人捡漏。家骝默然。

过了几日,"三块"的朋友终于直接打电话给家骝,说次日上午想去跟他见一面。家骝说:好,请稍微晚点到,明天上午他要先去银行办事,然后到公司。第二天,家骝走到办公室走廊里时候,发现"三块"的朋友早已经等候在那里了,办公室秘书请他进去坐他也不肯,就在走廊里转圈。

见了面,他倒有点脸红,嗫嚅着解释前番毁约的缘故,总之,原因是出在"三块",而并非他这一方面。家骝笑着请他喝茶,说:买方想便宜,卖方想高价也是人之常情,没什么不好意思的。今天来找我,不知是何缘故?

"三块"的朋友没有退路,说水流千转到大海,好东西总得归了堆,还是想把玉印让给秦总。说着,把白玉印章放置在茶几当中,家骝没有马上答应,沉吟了一下,解释说:仁兄肯将好东西出让,是看得起我。本来价格高点无所谓的,只是最近在外地买了几件藏品,这手头有点紧,家里又是老婆管钱,你看过两个星期再谈可好?

"三块"的朋友听说过两个星期,脸上全是愁容,眉头拧到一块,说:秦总,这么好的东西只有您出得起价,真的手头紧,缺现金,家里老人有病……话既说到这里,再不答应就不近人情了,家骝也请他谅解,道:本来前几个星期手头宽裕,四五千也不妨事,最近也凑着不巧,你看价格上能否让一点?

听说价格要开倒车,"三块"朋友脸色有点发白,低头带着央求说:实不相瞒,赌台上欠了点钱,急需五千救急,上次秦总答应四千,已经缺一千,还得另想办法,这个价格请帮帮忙,按照上次所谈的四千来吧。再或者,他从口袋里掏出一个青白玉童子,清中期的物件,说:这个童子作为赠品送给您。

家骝知道对这样性格的人,不能手软,此时如果一软,日后遗患无穷。可是看到他的眼神,心又硬不起来了,说:印章我砍你两百,算三千八。"三块"朋友垂着头,点一点,他认了。家骝接着说:这个童子算是你卖给我,按照一千二,可好? 三千八,加上一千二,不就是五千吗,"三块"朋友陡然来了精神,仰起脑袋,说:谢谢秦总,您可救了大急了。

家骝说:且慢,咱们生意归生意,话要讲清楚,现在这两件玉器卖给我,万一日后玉器涨价了、增值了,你要反悔,我可不会答应。"三块"的朋友点头如同鸡啄米:那个不会,行有行规,今天生意今天散,绝对没有日后反悔的道理。

好。家骝提起电话要给"三块"打过去,对"三块"的朋友说:本来是请"三块"当中间人,现在咱们直接交易,但是中间人那里我还是要知会一声的,否则人家要说咱们过河拔桩,不仁义呢。"三块"的朋友连连点头,表示赞同。

家骝特意打个电话给小兰,叫她送五千元现金来公司,"三块"的朋友连声称谢。家骝要留他吃饭他都不肯,兜起钞票,急匆匆下楼去了。

当天中午,家骝就约"三块"去聚丰园吃饭,摸着玉印,喝着老酒,家骝感觉十分满足。"三块"也连干了三杯,说终于了结了自己一桩心事。家骝递过去一个信封,"三块"扫一眼,那厚度自然不仅仅是三块,他坚决不肯收,说这次他要破个例,连那固定的三块酬劳也不收。家骝很感动,从包里取出青白玉童子,塞给他,说只是表达心意,跟钱没有关系。

席间"三块"讲到他的一个困扰,这些年周围的亲戚朋友都说他是奸商,还说做古玩生意的人最狡诈、最油滑,是天下第一等奸商。家骝说:有一句古话叫作"夏虫不可语冰",就是说你不可能跟夏虫去讨论冰是什么东西,因为这种夏虫只能活在春夏秋三季,它们从来没有看见过冬季的呀。这天,"三块"说了一句大实话,也是超越他水准的话,他说:中国人其实从骨子里就看不起商人,倒不是古代士农工商的身份排定,而是他们从骨子里鄙视谋利行为。家骝说:我也是近几年才看明白,其实在这个世上,没有比市场里挣来的钱更干净的东西了。如果没有合理的利益推动,社会怎么可能发展呢?他们的心里都清楚,真正的古玩行里人,信义和情意是永远摆在头里的,就拿"三块"这样的中间人来说,他们就是买卖双方的纽带桥梁,专为别人实现收藏理想出力流汗,说高了也是积善积德的事呢。这顿老酒两人聊了很多话,喝得十分畅快。

从这一天起,这方白玉印章佩戴在家骝腰间,近二十年时间从不更替,玉器在他身上慢慢盘变,逐渐焕发出玉石的精光。后来尽管藏品源源不断丰富增加,比这枚玉印贵重者有之,比它罕见者有之,可是从来没有一件藏品像玉印这样受到他的珍视。他曾经花费很大力气企图去查证,这枚印章到底是古代哪位文人雅士的遗物,可是查遍两岸故宫藏画和诸多乡贤著作,均未能找到蛛丝马迹。尽管如此,家骝对玉印的钟爱还是一如既往。他将自己的书房一度命名为"玉印堂",甚至曾经为此写下过一首古风诗,请书法家写成条幅,张挂在书房里,请工艺名家錾刻成白铜镇纸,放置在案头上。这是一首题名为《玉印歌》的诗:

> 我有白玉印,巧取费思量。
>
> 狡狯识人性,智计运连环。
>
> 甫获如石顽,无怪凡眼乱。
>
> 寒斋乏长物,得此偿所愿。
>
> 佩之愈十载,其质渐昭彰。
>
> 玉色如截肪,胎脱琥珀斑。
>
> 遥思元明时,雅士把与玩。
>
> 暂缔今世缘,逍遥月共山。

十六

南南从师范大学古文献专业应届毕业,果然进了市博物馆。

陈耀祖这下才感觉出家骝的实力。孩子报名前家骝是给他打了电话的,在局里报名后送人事局统一汇总,面试官由文化局、人事局和博物馆等单位人员组成,副馆长陈耀祖是七个评委之一。到面试正式开始前,陈耀祖才发现出现状况,局里一位科长的孩子也报了名,跟南南竞争的是同一个岗位。这个时候,陈耀祖想出去打电话已经不方便了,只好硬着头皮坐上评委席。怪的是,面试过程中,南南没有遇到一点阻力,全票通过。落选那位,面试组给出的解释是,专业不对口。整个过程没要陈耀祖出来说一句话,评委们配合得无比默契,这样一来,陈耀祖恍然明白,家骠是早就把两方面的人都摆平了。

市物资公司正面临转改制,这是一个全新的局面,家骠忙着应付各路人马。体改委、计经委、物资局、劳动局、财政局、审计局……把他指使得团团转,家骠就想不通了,这些年物资公司连年亏损,没人肯接手这个烂摊子,才轮到他来接班。发不出工资、缴不上三金、纳不完税收、拖欠水电费,他求爷爷告奶奶希望能帮他们解决点实际困难,可没有一个愿意搭理他。现在企业无法生存下去,只能在转制还是改制之间做出最后抉择,他们倒都想到市里去邀功,一窝蜂全出现了,这个要听汇报,那个要书面材料,说他们要组织"论证"。都是摸着石头过河,你们一帮没有做过市场的人,倒替市场的主体来"论证"?有意思。你们要"论证"就去论啊,却都要企业伺候着提供现成材料,还变换着各种花样出幺蛾子,什么要出"新意"啦,要有"突破意识"啦。材料上去了又会下达很多根

凡尘磨镜录

本不切实际的"重要指示",有时候这些指示之间也是相互抵触甚至方向相反,企业还无从抗拒,还得变着法地装样子以应付上面的追问,这一切把企业搞得更是焦头烂额。

家骝想想就窝火,心里正在骂娘,接到一个电话,却是自己的直属上司物资局局长亲自打来的,说又有职工去市政府上访,被截到信访办了,叫家骝快过去。局长很紧张地说:一位副秘书长可能被围攻了。

这种情况是在意料之中的,企业转改制八字没一撇,各个部门却都喧腾开了,职工能不慌吗? 这个公司的人是省油的灯吗? 你们倒是有了初步设想再放风啊,不是自己给自己添乱吗? 家骝不好对局长发火,夹起皮包去停车场开车。

信访办就在市政府大院的后门口,家骝进去的时候大厅里拥满了人,有物资公司的职工,有物资局的干部,有特警,还有保安。局长看到家骝直埋怨:怎么到现在才来,领导都到了,你才到。局长今天有点急躁,话多了,看来刚才的冲突有点激烈。家骝叫大家让让,职工倒是还听招呼,闪开一条道,让他进去。家骝对自己在职工中的人缘和威信是有底的,自己在公司十几年,工作最忙,业务最多,贡献最大,没做过什么亏心事,这一点所有人都清楚,所以这种场面家骝是不怕的。

局长和家骝挤进去,市政府副秘书长的手臂上有几道拉扯红的指印,发型也乱了,他是秘书出身,哪里经历过这种场面,脸色有点白。出乎意料的是,副市长也被围在里面。家骝叫了一声领导,没有多说话,转过身问职工:到底有什么想法,可以好好反映,这样闹能解决什么问题呢。你们倒是想想看,机关能给我们企业发工资吗?企业是自负盈亏的市场主体啊,你们能调进机关吗?有这个本事,当年你们就不会进公司了呀。你们想搞人身攻击那一套?这是违法的,公安都在这里呢,顶上装着摄像头呢。我今天把话说在这里,哪一个动动看,谁捣乱,谁负责!

他的话刚讲完,职工顿时安静下来了。家骝想,都是外面有活路的主,一个个有产阶级,也想学青皮光棍?你们学得像吗?紧接着,职工中嗡嗡发出点声音,大意是担心转改制以后的医保、影响不影响退休之前的工资,以及将来办理退休时候工龄的结算等等。家骝心想,都是只关心自己眼前的那点蝇头小利,这么大一个公司,国有资产的流失、集体权益如何保障等等却没有一个人关注,皮之不存,毛将焉附的道理他们都不懂。这种流通企业说到底跟生产型企业是不一样的,这些人躺在国有体制之上实在太久了,这种状态也确实是难以为继了。家骝知道这几次上访他们根本没有任何明确诉求,政府的改革方案还没制定出台呢,他们能提出什么建设性意见来,不过是借机闹一闹,把影响搞大,宣示一下保卫他们权益的决心罢了。

家骝拉过一张凳子,站上去,对职工喊话:大家的担心和心声,上级都知道了,现在改革还没开始,我都不知道会向哪个方向改,大家这样闹是没有任何意义的。等政府的改革方案出台之后,大家如果真有意见,再逐级反映。如果改革以牺牲职工权益为代价,我本人就不能答应,到时候我跟大家一起来上访。今天局长也在这里,我们一起做个担保,制定方案之前,一定先征求大家的意见,尊重大家的意见,好不好? 我们都是国企的正式职工,为国家做过贡献的,合理合法的权益政府都会保障好,请大家放心。时间也差不多了,我看今天就到这里,散了吧!

职工们倒被他说得面面相觑,互相你看我,我看你,一时不知道该怎么办,靠门口的已经开始三三两两往外走。家骝知道火候已到,高声说道:怎么,想留下来到派出所去吃中饭? 想留下来的请到后面警察同志那里去登记! 职工们忍不住发出一阵哄笑,真的就散了。

副市长这时脸色才放松下来,走上来拍拍家骝的肩膀:小秦,没想到你在群众中间威信这样高啊。出手果断,脑子也快,不错。

这时局长凑上来介绍:秦家骝同志是在我手里提起来的,没两年,正好是企业困难时期,出来挑担子的。

副市长知道这个改革的消息一旦传出去,就不能再拖了,需要尽快拿出一个初步设想,否则以后再有类似上访,他们连最基本的表态也不能够做。其实,这是工作的程序和纪律,可是老百姓不这么看,他们会认为你是推脱耍赖,没有解决问题的诚意,今天副秘书长遭遇的就是这种尴尬境地。副市长叫副秘书长去通知体改委等相关部门负责人,下午来市政府开会,专题研究物资公司转改制的方向问题,抬腕一看手表,时间已不早,就叫物资局局长和家骝在机关食堂一起吃便饭,谈谈转改制的初步想法。

在小餐厅,副市长把副秘书长、办公室秘书都叫了过来,几个人边吃边谈。副市长第一个叫家骝谈想法,他说:这几年,只有你是具体操刀的,知道转制与改制各自的利弊,才能预估改革一旦推进可能出现的状况。因此希望他谈得具体一点、深入一点。可是,没想到一开始便出现了僵局,原因是家骝不想承接这个企业,也不愿多谈公司的问题,而是直接向副市长提出了自己不想再蹚这趟浑水,公司转制也好改制也好,他都不想接手,只想顺坡下驴,跟普通职工一样拿份最低保障工资,劳资关系挂到退休年龄,安安稳稳等着领退休金就满足了。局长一看这话讲得豁边了,连忙拦住他,一边在看副市长脸色。副市长却没有动声色,在心里想,到底是年轻啊,沉不住气。他反问家骝:如果不接管公司,你自己有什么打算?

家骝就把这几年受的委屈都倒了出来,说:这么个烂摊子,谁爱给谁去,我一个人夹皮包跑单帮,自己做点小生意,业务量保险不比他们任何人少,赚个开心轻松的钱。这几年管了这么个破企业,人人问你要饭吃,临到做事情,一个个缩着头装孙子。这些人在公司里出工不出力,吃里扒外倒精得很,出了这个公司的门,个个都是老板,人人都外面有一块,我又干吗要为这帮孙子去浪费精力和时间呢?

局长急得冒汗,拿脚在桌子底下踢家骝,副市长却哈哈大笑,说:小秦我告诉你,转制也好,改制也好,我个人认为,都要在你的手里完成。你别想滑脚,你跑不脱。

家骝情绪有点激动,一不小心反问了一句:为什么?副秘书长和局长都愣在那里,不敢作声,几双眼睛都眼巴巴朝领导这边观望。

副市长却没有任何异样,很平静地也反问:你是不是党员?

家骝一阵沉默。副市长顿了一下,忽然语重心长地说出来一句:现在真正能干实事的人,太少了!

家骝心里一阵发热,低头不响了。

下午的会其实只是定了几条改革原则,副市长重点表达了一层意思,希望各个部门在研究和论证改革配套方案的时候,多听听企业方面的诉求,把企业推向市场的过程中一定要确保积极稳妥,维护安定团结的大好局面毕竟是一项政治任务,这是万万不能疏忽的,也是万万不能动摇的原则。

事后,家骝却有一个惊人的发现:各个部门在跟他讨论改革成本的时候,都不同程度做出了妥协和让步,政府把物资公司作为全市的改革扶持试点项目,各种优惠政策给得特别到位。家骝感觉到了市领导在其中的推动作用。

家骝特意找机会上门去向副市长汇报过几次工作,几番接触之后,就再也不用通过副秘书长预约了,他甚至可以随时拎着包去敲副市长办公室的门。

到确定改革方案前夕,副市长主动打电话约家骝过去聊聊。这次只有他们两个人在场,副市长跟他透露了真实的想法,副市长说:像物资公司这种企业,本身就是计划经济的产物,现在已经进入市场经济时代,这种企业其实已经基本完成了它们的历史使命。因此,所谓的转改制,对于这类企业是意义不大的,我们所说的转改制,其实重点是要考虑如何解决现有资产跟职工善后处理之间的平衡问题。职工,要基本保障他们的合法权益;企业,要计算能够承受的改革成本;政府,除了要提供一些资金支持,更主要是给予一些社保、税收等方面的优惠政策,尽最大可能让转改制以后的企业能够活下去。我要做的,就是尽力控制好这三者的关系。家骝知道今天副市长摊的才是底牌,他的思维和倾向将决定公司包括自己个人日后的命运,于是屏息凝神听他指示,不敢插一句话。

副市长转过脸,望着家骝的眼睛,一句一顿地说:你之前就表过态,这个公司改革压力太大、历史包袱太重,不想接盘,当时你们局长也在场嘛。所以对于这种负担重、难度大的老企业,政府也可以给予一些特殊照顾,以便于企业轻装上阵,更快更好发展起来。将来发展壮大了,给国家多缴税,一样做贡献嘛。我的意思,要放水养鱼,政府做事不能急功近利。今天副市长这话挑得很明了,家骝拎得清这里面的含金量,他知道机不可失,时不再来,当即表态道:您才是真正的实干家、改革家! 全市工业经济这本账都在您肚子里,物资公司的改革如果没有您的支持,就全完了。我今后一定好好跟着您,一心一意依靠您,我心里比谁都明白,日后有困难也只有找您才能转危为安、寻到出路。副市长唔了一声。

副市长压低声音说:小秦,我第一次见你处理职工上访,就看好你,觉得你是个人才,有激情、有担当,话不多却句句都在点子上,这样的人可以干实事,也是值得交朋友的。说真的,物资公司现有资产还比较优质,我个人的想法是公司不要搞股份制改制,一是操作起来太麻烦,二是我们缺乏相配套的成熟的法律法规,也不利于今后的管理。我个人的建议是,改革一旦启动就没有回头路,必须快刀斩乱麻,公司整体打包直接转制给你个人,作为国有企业改革试点,这个思路几次会议上我已经直接提出来了。当然,这个事最终要到政府常务会议上去决议,要市长点了头才算。退一万步说,如果改革推进中出现其他意外状况,万一你真的只能从物资公司退出来,我也不能让你夹着皮包去跑单帮,那太便宜你了。你可以去物资局机关或者去体改委,那里都会有你发挥才能的空间,我们的事业太需要你这样年富力强、具有一线工作经验的实干型人才了。家骝听出了弦外之音，果然很多关系户已经在打物资公司的主意，转改制的事还没下文，他们倒纷纷各显神通起来了。不过这也并不出乎他的意料，那些人干正经事不行，可一到利益当前，就马上会像苍蝇逐臭，上蹿下跳。这些年来，物资公司不就是被他们这么蛀空吃坍的吗？

家骝告辞的时候，副市长也站起身来，对他说：小秦，你不要认为我这是在帮你个人，我也上过山下过乡，也在国有企业工作多年，国有企业的积弊和症结我跟你一样清楚！像物资公司这种已经失去垄断地位的商业流通企业，唯一的出路就是彻底改革，而且改得越早越好，越彻底越好。现在主动改，我们手里还有几把米，可以支付改革的成本，可以较为主动地保障社会稳定。如果疑而不决，失去改革最佳时机，到时候连这几把米都会消耗殆尽。到那个时候，所有的改革代价都将由政府和全社会来承担，当然这种情况也司空见惯，没有谁需要为之负责。可是，对于我们这一代人来说，事有可为而不为，这就意味着失职。我最关心的事情是，必须找到一个合格的承接者，他必须能够让资产实现良性运作，把企业办好办强，承担起应负的经济责任和社会责任。只有企业办好了，群众才有安身立命的基础，解决好老百姓的吃饭就业问题才是硬道理啊！

家骝含着泪说：我是遇见贵人了，我总是遇见好人。

十七

家骝走进弄堂,发现自家这栋楼是又老了一轮,他搬出去之前,窗户全部换成了铝合金的,现在都显出陈旧来了。青砖墙角里水渍和碱霜爬得很高,山墙上的铁皮落水叫人更换过,那还是他搬走之后,居然又黄烂糟朽了。他在心里嘀咕,现在的材料真不知道怎么一回事,就是不禁用,原来的铁皮用了几十年才朽坏,现在也不知道是怎么了,什么都扛不住时间。

父母没料到家骝这个点会回来,赶紧张罗着叫保姆加菜,家骝说:不用忙,平时都是大鱼大肉应酬,难得吃口清淡的,家常豆腐、炒青菜、糖醋排骨、萝卜汤好得很。

母亲说:你回来正好,三伯伯有话想当面同你说,本来打算等你礼拜天来的时候再碰头。正说着,三伯父两口子和楼上二伯父两口子都进来了,家骝站起来招呼,说:三伯伯,今天你们是约好的,一起来了?三伯父说:家骝,你一走到门前,我就看见你了,你在门口左看右看,咱们家这楼破落了吧,不好跟你的高档公寓楼比咯。

父亲说:既然都在家,就一起在这里吃,有什么话好当面讲。两位伯母就去各自厨房把菜端来,大家围坐下来。三伯父拿出两瓶珍藏的女儿红,说:还是那年女儿从苏北回城时买的,存着有二十年了,大家喝一点。家骝就起身开酒,给各位长辈都倒上。

家骝问:三伯伯,我妈说您找我有事?三伯父两口子转头看家骝父母,家骝笑起来,说:三伯伯您跟我还打什么哑谜,我们这一家门里的话,有什么说什么,直来直去。

三伯父当了一辈子小学教师,说话永远拖泥带水。他说这个楼里这些小辈,当初家骝哥哥单位分了房,是最早搬出去的,后来家骝和外贸公司的堂兄买了房,也前后脚搬走了。现在只有自己儿子一家住在老宅,也是没办法,他们夫妻两个在灯泡厂工作,几十年这厂也从来没兴旺过,他这一辈子也没有真正抬过头。亏得跟老人混在一起过,靠老两口事业单位的退休金贴补一点,把孙子培养起来。这个孙子倒是争气,从小要好,去年考取了名牌大学,不用操一点心的。本来日子也就这么一天天过吧,可是前段时间,灯泡厂说破产就破了产,这位堂兄刚过五十,算算还有这么多年才能办退休、领退休金,这中间悬空的十来年时间,就要自谋生路。按说他妻子已经退休,三房里也只有这么一个儿子,在这个家里度日也是不成问题,可是堂兄的自尊心受了打击,再说眼看自己的儿子大学毕业就要寻工作、成家立业,他做父亲的压力就大了。灯泡厂原来的同事已经有人在外面寻活路再就业,可他这把年纪又没有过硬的技术,多半也就是在商场门口做做保安,每个月三百来块钱,当班时间长点,活倒是不重。可是他到底是个老中专生,原来也是国家干部身份,你说面子上怎么抹得开。所以这些天,铁青着一张脸,在家里一句话没有,天天蹲在大洋桥下面钓鱼,你说多烦心。

三伯伯,就为这点小事您愁成这样?我的手机、传呼机号码您都有的,打个电话就行了,还用得着这样劳师动众当面谈?家骝笑着端起酒碗敬三伯父说,我正筹备组建一个物业服务公司,为我自己的物资大楼做配套服务,日后业务做大了,还可以面向市场。母亲看一眼三伯父夫妇,帮他们问:那你准备让阿哥具体做啥工作?待遇哪怎定?家骝道:阿哥做这么多年管理岗位,到物业公司来当统计员兼物品采购,那不是小菜一碟。现在公司都是咱们自己家的,待遇上我还能亏待了自己阿哥?二伯父接口说:我早讲过,这事跟家骝说,一句闲话。家骝说:这个职位我本来一直没有合适的人选,您想想,这样的物业公司一年消耗品采购量那得多少,过手的资金那得多少,万一托付的人不牢靠,把原来吃回扣、报虚账那套弄进来,我哪吃得消。阿哥是多么实诚苛职的一个人,又是自己家里人,现在把这桩事情交给他,我放一百个心,这下解决了我一块心病。

几位老人听他这么一说,顿时都轻松了,都感叹这事要搁在外面,求多少人也指不定能不能解决呢。三伯父说:说起来也是脸上无光,二房里几个子女,有的是公务员,有的做生意,都有出息。小房里一个是教师一个是老总,更是兴得很。

唯独我三房里,自己做了一辈子教师,专门给人家传道授业解惑,结果自己两个儿女都没成才,惭愧啊。

家骝说:三伯伯,您这话我不赞同,我阿哥当年也是考上的正经中专,那年头中专生跟今天的大学生可没分别。阿哥是运气不好,分配时落在了灯泡厂,如果当年分进机关,以他办事一丝不苟的态度,当个局长都有余。我们物资局的局长跟他同年,也是个中专生,还是个农业中专,人品能力我看跟我阿哥差得远了。二伯父赞同家骝的话,说:很多时候是时势造英雄,你就是再强,时运不济,也没用!家骝说:是啊,我当年要不是二伯伯帮忙进物资公司,而是一脚进的灯泡厂,今天自己不就是下岗工人一个嘛。

三伯父感谢家骝帮他解决了一个棘手难题,道:你办企业也不容易,这些年进进出出脚不沾地,所以要你为阿哥操心我也犹豫好几天,也是不好意思轻易跟你提。

家骝说:三伯伯,您总是太见外。当年我们一家从安徽回来,房间不够住,您二话没有,主动把阁楼给了南南,我们也没跟您客气呀。不要说咱们自己家里这些人,就是这弄堂里的人,你们都不知道我帮过多少。只要是老街坊、老邻居,但凡说得上话,人家上门相求,我基本都帮他们解决妥。母亲经他这么一说,就想起来了,弄堂里本来有几家是很少接触的,最近一两年走在路上总是分外热络,大老远都要凑上来攀谈几句。这就难怪了。

家骝说:咱们都是一家人,我这一辈还有几个堂兄弟、堂姐妹,下一代可都是独生子女,以后他们就是想找几个骨肉血亲都难啊!几个老人听了这话,一阵感慨。

吃过中饭,伯父伯母们各自回屋去睡午觉。

母亲说:你今天突然回来,是有什么事吧?家骝嗯了一声,表情有点凝重,父母就说到房里坐下谈。

坐下来,沉默了好一阵,父母知道有大事,只有等儿子开口。家骝告诉父母,要跟小兰离婚,而且不是准备离,是一定得离。

母亲先是连问了好几声为什么,家骝也不接口。后来母亲说:其实早有预感,这男人一有钱,哪有不出事的。可是你在生意场上逢场作戏,胡闹一阵也就完了,要离婚干什么?你不想想,南南都工作好几年了,眼看着就要结婚成家,你自己都快五十的人了,还折腾出这种花花事来,跟自己女儿抢时间,凑堆一块办婚礼?也不怕外人笑话!再说,前些年小兰风里来雨里去开店赚钱,对你的支持有多大?要没有这个财源,你能舒舒服服买古董,跟外面的人交往起来出手能那样阔绰?这几年歇了店她才稍微享点福,那也是新家到老宅两头跑,对公婆是当自己父母一样孝敬,对家庭、对大人、对小孩没有一点点的失职,这个家里哪个不说她好?现在你却要离婚,你怎么张得开这张嘴?

被母亲说中了,家骝就是张不开这张嘴,所以想让父母跟小兰谈。只要离婚,现有房产和几处铺面都归她,家骝只带自己的玉器藏品走,物资公司目前正在进军房地产,把全部身家都押上去了,资产现在不能处置分割,公司资产将来有南南一半。

母亲说:这难道是钱的事吗?我知道你们现在不缺钱,我说的是情,是做人。我们能够这样做吗?你说,那个女的哪里的,什么来路?

家骝说:她叫迟婕,大学刚毕业就认识了,比南南大三岁,本市人,单亲家庭。父亲原来是国企厂长,亡故多年,母亲是机关干部。

母亲奇怪了:是个未婚大姑娘?这样的家世,她家里倒也肯?

家骝说:现在都什么世道了,如今的家长哪还管得住子女。

母亲反问:那日后你管得住她?

父亲在一旁,到此刻才插上嘴:现在不是谈论谁管谁的时候,这样年轻一个女孩子,你比她要大整整十八岁啊,这事合理吗?

母亲回过神来,说:是啊,你爸爸说得有道理。这事小兰就没有一点数?

家骝道:就是因为她不知道,所以请你们二老出面帮我揭开这层纸。

母亲说:既然小兰还不知道,这就好办了。你反正现在有的是钱,你去跟那女的谈,赔她青春损失费,该出多少出多少,让她拿着钱找个合适的人成家。我们别耽误人家的大好青春,这是作孽呀!

要做得通工作,我还离什么婚啊,这事办不通。家骝越说越丧气。

怎么会办不通的呢? 让她找一个年轻小伙子嫁了,总比找你这半老头子强吧。母亲倒真的想不通了。

她就认定我这个半老头子了。家骝说这话的时候,其实心里有点异样。这些年忙忙碌碌,在他的真实意思里,自己好像还一直是从安徽刚回城的年纪,怎么一转眼倒成了"半老头子"了。

难不成她以死相逼? 会出人命?

死是不会去寻死,可儿子是替我生出来了,我也没办法。

家骝最后只好把底牌抛出来了,父母两个顿时都傻了眼,自己人在家里坐着,居然有了孙子了。家骝也没想到迟婕居然铁了心跟他,怀孕以后就一直瞒着他,到快藏不住身形的时候,她说要出国旅游一圈,出去散散心,结果再见面的时候,已经即将临盆了。儿子生下来七斤三两,比当初南南整整重了两斤。

母亲还不死心:你就确定儿子是你的?

家骝有点火了:她除了我,没第二个男人! 她跟我的时候,还是个处女。

知道是姑娘你还下手？作孽呀,这种事是我们这样的人家能做的吗？你亲娘要在,看她怎么说！母亲拍着床框直跺脚。

家骥说了一句狠话:你们忍心看着孩子没有一个合法身份,报不上户口,成了众人口中的私生子？母亲本来想回敬他一句,难道不是私生子,可一想到那孩子是自己的孙子,秦家的传人,这话可又不愿再出口了。

最后,父母跟家骥画下了底线:这个事情你自己做下的,就要自己去面对,自己去解决。作为父母,我们最多等小兰哭上门的时候帮着劝慰安抚一下,不要激出什么极端的事来。

母亲说:你跟小兰最好不要提儿子的事,万一过分刺激到她,闹出事情来你是要负责任的。

家骥说:早知道你们不肯帮我,我就索性不来说了。

母亲说:我们这样帮你已经对不起小兰。要是夜里醒来想起这事,我得睡不着。这事办的,欺心啊!

父亲说:当年我们三个在安徽,可是签下过"永不离婚"保证书的。这话其实三人都早已吊在心里,虽说一纸保证书没有半点法律效力,可是却会让人良心不安。三个人一阵沉默,都不好作声。

临走的时候,母亲忽然想起一桩事来,说:现在这个世道是不会好了,有钱的要离婚,没钱的也要离。你三伯伯刚才没好意思讲,他家女儿也在闹离婚,说是女婿常年赌钱打麻将,家事不管,打闹了好几年,你阿姐过不下去了,正在打官司离婚。等离了婚,她要带女儿一起住到楼里来。都四五十岁的人了,你说说看,难听不难听,这叫什么事?

堂姐在钢铁厂工作,这个厂前几年倒还兴旺过一阵,收入比一般国企好些。最近几年国际钢材价格一降再降,国内钢材价格居然比废钢还低,这些冶金企业就全线趴下了。钢铁厂有好赌之风,企业效益好时,大家被工作管束着,这风气还有所收敛。现今企业处于半停工状态,家舍小区里便滥赌成风,工人们习惯了生活在四面围墙之内,不肯也不敢走出去,赌博可能就是他们逃避现实的一种方式,各种家庭矛盾和社会问题就层出不穷了。

从老宅出来,家骥被阳光照得一个激灵。忽然想起前几天接到"三块"的短信,告诉他自己在南禅寺古玩街开了一个店,现在也正经做起古玩生意,成了市场里的正规军。家骥近几年全身心投入房地产行业,这对他而言是全新的领域,凡事不得不亲力亲为,除了参加一些国内知名大拍卖公司的拍卖以外,很少再有时间精力涉足民间市场。新生路出来到南禅寺不远,步行也就十几分钟,他按照短信提示的方位寻过去,走到古玩街中段,抬头一看,"蓉湖庄"三个大字的招牌在阳光下闪闪发光,于是准备推门进去。外面的人还没迈腿,里面早就望见了,"三块"一路小跑出来帮家骥拉门,扯开嗓门喊:秦总光临,里面有请!家骝说:"三块"你现在是鸟枪换炮,今非昔比呀!"三块"眉开眼笑,朝家骝不住拱手,手还没来得及放下,一个牛皮纸信封就塞上来,恭喜你事业有成,财源广进。"三块"只好再拱手,多年交情,一切尽在不言中。

"三块"招呼家骝坐定,转头批评起身后年轻婀娜的女店员来:小高,别光顾着玩手机,看你是啥眼神,秦总来了也不赶紧烧水泡茶!那姑娘白了他一眼,理好旗袍,含着笑坐下来,烧水、取茶、烫茶具,兰花指高高跷起,手法娴熟,看得出练习过茶道的基本功法。"三块"兴奋地介绍:小高,大学生,大学生!

这两年家骝跟"三块"往来减少,没想到他还真成人物了。原来这个店面是早些年他就购买下的,先是租给别人开店,这几年古玩行情水涨船高,他便收回来自己开店。"三块"说:这几年古玩价格是上去了,可是货源越来越少,想想以前卖掉多少好货呀,当时一件东西能赚个几块高兴得睡不着,现在看看,大腿都拍烂了!家骝说:时代在发展,哪个能预判十年之后的形势呢,谁要知道前后五百年,不早成世界首富啦。"三块"说:你秦总就知道十年之后的形势呀,你收古董,增值了吧?当年还是你建议我买房产,我这才勒紧裤带买下这个店面,这才短短几年时间呀,房价就翻了两三倍,现在这里的店面可是一铺难求啦。家骝说:我也只是跟着感觉走,摸着石头过河嘛,现在看来我们这一步是走对了。

家骝坐了一小会儿就接到好几个电话,只得起身回公司。"三块"送他出门,一直送到古玩街口,"三块"昂首阔步,走得特别神气:今天秦总亲自来看我!临别,家骝说:兄弟,咱们年纪都不轻了,这个小高可是小咱们一辈的人啦。"三块"脸上笑得吱吱冒油,两只暴眼眯成一条缝,所以啊,咱们更得抓紧啦,赶紧把浪费的青春找补回来啊。

十八

家骝接到电话的时候,招待宴会刚刚开始,他一看是虞师母的电话,心里就明白她的意思了,说:师母,我在北京出差,过两天回去就去看您,放心。电话这边一片喧哗,虞师母是听得到的。陈耀祖在边上问:是小兰去搬救兵了吧?

拍卖公司的李总特意走过来,为家骝斟满茅台,说:秦总多年来一直照顾小弟的生意,我们邀请多次都未能如愿,这次五周年大拍,秦总终于肯光临酒会,令小弟受宠若惊。家骝拱手相谢,说:每次进京参加拍卖会都是来也匆匆去也匆匆,实在辜负李总盛情。李总接着要为陈耀祖换白酒盅,陈耀祖急忙伸手拦阻,李总说:您是秦总的朋友,那就是小弟我的朋友,还是博物馆界的大专家,您的著作是我们同行的必读书。那本《明末无款官窑瓷器研究》在我们公司可是人手一册,小弟高攀一句,咱们也算是同行,今天初次见面,酒必须给您满上,这是小弟的一片诚意。喝多少您随意,我们北方现在喝酒也文明了,叫作敬酒不劝酒。陈耀祖这才让加上白酒盅。李总敬他们两位,陈耀祖抿了一下,家骝干了,接着替陈耀祖也干了,李总跷起大拇指:哥,豪气!家骝咧嘴一笑,望着李总的背影嘟囔了一句:今朝有酒今朝醉。

这一号包厢里总共二十个人,除了拍卖公司几名高管,其余都是常年到这家拍场购物的金主。大家在拍场上经常照面,都脸熟。但是家骝很少参加场外活动,他历来是举完牌就付款、提货,然后离场。家骝出手大方,买东西前看实物仔细谨慎,买东西下手快、稳、准、狠,最为关键的一点是,他自己有眼,买完绝无二话,不需要道听途说,问东问西,这就省了很多不必要的纠纷。而他也似乎很少参与收藏圈子的活动,没有沾染这个圈子里那些老油条狗屁倒灶的习气,从来没有跑单悔单的陋习,也没有场外洽购,然后场内顶价等等额外要求,拍卖公司最喜欢他这种规规矩矩的优质客户。李总说他有英国绅士的风度,他却不知道,这是老年间玩家的腔调。

在座这些古董圈子里的成功人士,经过岁月的洗礼多了,人生的阅历丰富了,人就放得开,或者说洒脱。包厢里本来有几个外向奔放的宾客,听家骝谈吐对于这个行业似乎无所不知、无人不识,可见是这个圈子里的厉害角色。他们在酒席上一开动,整个包厢顿时活跃起来,大家频频起身,互相敬酒,到后来也分不清谁是主人谁是来宾了。陈耀祖被逼无奈只得喝下几盅白酒，大家知道他是专家，大多数酒也就饶过他。家骝基本不主动出击，但凡有敬酒者，他也陪着干。好在他在这个圈子里都不熟，就很少有人盯住他闹酒。即便如此，陈耀祖也看得心惊肉跳，他数着家骝的酒，差不多有六七两了，看他面带桃红，倒是纹丝不动，看来这些年酒量真是练出来了。

　　酒过三巡，包厢大门推开，一阵阵拥进来红男绿女，一号包厢嘛，最尊贵的宾主都在这里。先进来的几拨是拍卖公司的职员，显然是事先有安排，要让贵宾们喝好嘛。一个身材玲珑的姑娘站到家骝身边，双手端着酒杯，一言不发，似乎在犹豫到底要讲些什么，又似乎有些胆怯。家骝一抬头看见她，莞尔一笑，倒是没有为难她：小姑娘，谢谢你的酒。姑娘赶忙躬下身拿酒杯在家骝杯子底碰了一下，仰起头就喝。喝完了，还是站着，没有离开的意思，现在轮到家骝好奇地望着她。这时李总走来，拍拍家骝的肩膀：秦总啊，你可是我们小荆的梦中情人啊。家骝惊讶得张大嘴巴合不拢，忽然他脑子转过弯来了，道：哦，哦，你就是客服部小荆啊，我们常联系，声糯人美，真是百闻不如一见啊。旁边那个奔放的宾客借着酒劲就开始开玩笑，说：秦总懂得怜香惜玉啊，你这个"闻"到底是怎么个闻法呢？大家都有了点酒劲，发出一阵哄笑。小荆倒很镇定，照样落落大方说道：秦总，我是您的客服经理小荆，电话里、QQ上跟您联系两三年了，一直无缘见您真容，今天我要单独敬您酒,谢谢您几年来对我工作的包容和鼓励,我很仰慕您!前面讲了一通工作,最后却落脚在"仰慕"上,过渡既不显得生硬又夹带了私货,这个小姑娘会说话。李总带头鼓起了掌,包厢里就又有人开始起哄,家骝为小荆斟上小半杯,自己倒满一杯,轻轻一碰杯,说了声:谢谢你,小荆,咱们来日方长,合作愉快!小姑娘开心得笑成一朵花,说:我都听您的。包厢里又响起一阵掌声。家骝的心里,忽然想起了跟迟婕第一次见面时候的场景。

包厢里敬酒的人源源不断进来,送拍人要敬公司高管,其他包厢的客户来敬这里的老朋友,哪个不是见过世面经过风浪的江湖儿女呢,哪个没有一些传奇和故事在外流传呢,进来敬一个,自然就捎带着连一桌都敬了。陈耀祖发现今天坐在这个包厢里是个错误,不断地站起身来敷衍,屁股都落不了座。而每一轮敬酒,多少总要抿一点意思意思,积少成多也不得了,有的人已经频频起身跑卫生间了。经过刚才小荆的"仰慕"插曲,同桌过来敬家骝的频次明显增多,家骝稳稳接招,面含微笑,话也不多,依然不动声色。那边李总暗中喝彩。

酒会持续了四个多小时,杯盘狼藉,宾主尽欢。临散席的时候,一个年轻工作人员凑在家骝耳畔密语:秦总,今晚公司安排了洗浴中心和夜总会活动,您跟陈专家单独一个包厢,可以先去夜总会唱歌,然后去洗浴中心按摩,您只要持房卡进包厢就行,费用都由公司结。夜总会在主楼负一层,洗浴中心在四层,客梯直接刷房卡可以自由上下。家骝压低声音告诉他:替我谢谢李总,今天有点累,活动我们就不参加了,明天早上那场我要举牌,今天早点休息。工作人员听闻明天的首场书画拍卖会家骝就准备举牌,也就不再多说,祝了声晚安,去通知其他贵宾。

陈耀祖见主办方给他们安排的是单独豪华间,便说:两个人睡一个房间好了,晚上睡不着还好说说话。家骝说:只要你别打鼾,我是无不可的。进了房间,家骝洗完澡出来,陈耀祖早已经鼾声如雷了,他哪里会睡不着。家骝想,耀祖真是个福气人。

接下来的两天里,家骝在书画专场举了一张张大千的朱墨荷花、一张黄宾虹的水墨牡丹,在瓷器专场买到手一只光绪官窑青花天球大瓶。张大千那张是正常价格成交,十多万。而黄宾虹的那张水墨牡丹,却被顶到二十多万才落槌,按说黄宾虹是山水价格高,花卉作品市场流通很少,一般也少有人追捧。这张牡丹却在拍卖过程中一度争夺白热化,后面的人看得清,是坐在前排的一位老者在跟家骝对敲,举到一半的时候陈耀祖提醒家骝:已经超过预算很多了,是不是冷静一下,该放弃的就放弃了吧?家骝说:不,这张黄宾虹才是我真正想要的!陈耀祖想,到了这种氛围里,再沉着谨慎的人也容易冲动啊。东西成交的时候,家骝说:看来市场里还是有真行家的。

拍青花天球大瓶时更邪门,这种光绪仿乾隆瓶子本来不是什么名贵的品种,无非是尺寸大一些,在家里陈设起来显得气派而已,家骝原来想十几万也就可以搞定的。可是刚开拍就有人直接举手叫价二十万,昨天晚上同桌喝酒的一位凑过来示意:那是几个山西煤老板,他们想要的东西没人争得过他们,人家指着送礼呢,没必要跟他们硬杠。家骝笑笑,又不好明说,他也是没办法不硬杠啊。最后变成两张号牌的拉锯战,居然顶到四十几万才罢休,煤老板大概很少遇到这种情况,站起身丢下号牌拂袖而去。终于买下这只瓶子,家骝松了一口气。

　　下午的玉器文房专场,家骝却没有入场,自己一个人出门办事去了。他让陈耀祖在北京城里随便转转,晚饭他也不回宾馆吃。

　　次日上午他们乘东航的航班飞上海,拍卖公司安排了小车送行。他们都经常出差,随身行李很简单。这次拍卖会上买的两轴画由小荆打包,十分精心,分别用塑料画筒密封好,装进一个帆布琴囊里,可拎可背,别说不怕磕着碰着,就是万一落了水也准保没事。临上车时候,陈耀祖发现没看见天球瓶,正准备打开尾厢去找,家骝拉了他一下,说瓷器飞机上不好带,寄存在朋友家里了。陈耀祖便也不再问什么。

　　两人上了车,刚在后排坐稳,家骝的手机突然响起来,家骝接通电话,含糊其辞对着手机讲:是的,是的,张大千的荷花可是一绝，整个民国画坛罕遇敌手，值得传家，值得传家。陈耀祖别转头去，透过车窗玻璃，看到北京早晨的薄雾正在散去。等他接完电话，车厢里出现了沉默，陈耀祖朝家骝一笑，情景有点尴尬。陈耀祖忽然想到一个疑问，正好可以打破这个尴尬的沉默：你历来主攻玉器，怎么这次竟然一反常态，一件也不买呢，是没有看得上的吗？家骝在他膝盖上拍了一下，说：公司正集中力量开发房地产，目前处于关键时刻，你是知道的，地产项目对资金的需求量很大。不过困难也是暂时的，黎明前的黑暗嘛，熬过这一阵就是另一重境界了。陈耀祖知道家骝从不妄言，他觉得有信心，那么此事必成。

登机以后，两人旅途寂寞，陈耀祖忽然想起第一天拍场里的情景，忍不住打听：你说那张黄宾虹才是你真正想买的，到底是什么意思啊？他提了问，一时又吃不准自己这个问题是否犯忌，好在两人从小莫逆，家骝如果真的不想说，就当自己没问好了。家骝却得意扬扬起来：你没仔细看那张画，画得笔墨精绝是自不必说，关键是那个上款写的是"焕章方家雅嘱"，拍卖之前我仔细看过原画，在画芯角落里还有"沪上虞氏书画记"印鉴，这张画是当年黄宾虹赠送给虞老师的呀，我是无论如何也要抢回家的。

陈耀祖忽然想到一桩事情，不禁哑然失笑。家骝追问：又在想什么稀奇事了？陈耀祖说：你这个人命犯桃花，家里的桃花还没着落，眼看新的桃花又要发芽了。家骝问：你看这个小荆人怎么样？陈耀祖说：看着是个实诚姑娘啊，你看她为了敬你酒，无所适从的样子，我见犹怜呢。家骝笑笑，说：那天你是喝多了，不知道晚上人家是给安排了娱乐节目的，我敢保证，如果我们到夜总会包厢里，这个小姑娘肯定在等着我呢。陈耀祖说：不至于吧。家骝就没再响。

陈耀祖说：跟着你出来潇洒走一回，真是大开眼界，在你们这个圈子里人民币真就是西瓜皮，一万两万那都不叫钱了。看了你们的生活，让我们这样的工薪阶级真是没法活了，说到这里，我倒相信了，像小荆那样的小姑娘一旦碰见你们这样挥金如土的大老板，怎么可能不动心呢。

十九

从北京回来第二天，家骝买了点水果、营养品，自己开车去市福利中心。

见了面刚坐定，虞师母说：家骝，如今你事业繁忙、时间有限，我也不跟你虚伪客套，有话就直奔主题了。我也是受人之托，你莫要见怪：以你的聪明自然知道我要说什么话。我也知道，这种事情，就是自己家里长辈也未必好多说什么，我的身份就更加尴尬了。家骝说：师母，我是把您和老师当成自己长辈的，您有什么就说什么，我都愿意听。

虞师母说：她在此地无依无靠，也是求告无门才想起找到这里来的，只求我劝劝你。她在我这里哭了半天，也在这里说了无数话，却没有一句话骂你、咒你，我才决定同你见一面。家骝说：她是个好人，在安徽起就一直都是她照顾我，对我很好。虞师母说：我早年就看出来，你是个聪明绝顶的人，也是顶有主意的人，我今日同你讲什么，其实都改变不了你的决心。想我到了这把年纪，虽然明知道是于事无补，但是菩萨说，宁拆十座庙，也不拆一段姻缘，所以还是请你过来说一些无用的话，倒也并不全是为了劝你，而是要消我自己的业，是为自己在菩萨面前赎罪来的。家骝觉得今天师母的话有点难懂，问道：为什么您说是为自己？这话我不懂。虞师母说：所以，家骝你安坐，听也好，不听也好，容我把话说完。

虞师母问家骝：当初你老师和我为什么赤手空拳跑出上海滩，你不知道原因吧？家骝道：那年老师临终前说过，是为了追求自由结合，为了爱情。虞师母道：这样说当然也不错，但他没好意思全讲出来，今天我就把前因后果讲给你听。

想当年上海滩上"虞小开"可是赫赫有名，这名气不仅仅因为虞家有财有势，还在于他多才多艺，票戏是行家，玩古是专长，运动是健将，上海滩上哪里有好玩的、好看的、好吃的，就少不了"虞小开"来捧场。关键的一样，他虽然纨绔却没有以势压人的习气，对人都和和气气，能用钱解决的事情绝对不会用势力去压，口碑一路是不错的。也是前世的冤孽，有次他被朋友拖到剧场来看越剧，一眼就迷上了台上的女主角。那个女主角自然就是日后的虞师母。"虞小开"动了心，展开猛烈的追求攻势，一个唱滩簧的女角，遇见这样一位风流倜傥、多情多金的公子哥，不要说抵挡得住，就是不主动投怀送抱都难。自然迅速双双坠入爱河，啮臂三生，矢志不离不弃。

"虞小开"是有正室太太的，家里本来对纳个戏子进门就不太同意，而女方这边情况其实更错综，那时很多唱滩簧的女角社会地位低，都是被戏霸霸占着的，而她当时还有自己的男人。这关系就变成了三个男人跟一个女人，搞得出奇复杂。这些戏霸什么龌龊事不干呢，再加上"虞小开"名声太大，各种小报桃色新闻一鼓噪，矛盾就激化了，虞家命令两人必须断，于是变成了两股力量前后夹攻。两人实在难分难解，才想到逃离上海滩避避风头。哪知道，这一避风头，就回不去了，在此地藏身了大半辈子。新中国成立后看他失魂落魄，虞师母每每后悔，当初不该拖累他，害得他一无所有，苦不堪言。他这辈子哪里吃过这样的苦啊，他是吃鱼翅燕窝长大的人，脂粉堆里泡大的人，金堆银堆里玩大的人，离开了那种生活，他还能有活路吗？所以说，从那个时候起，虞老师的心其实就已经死了，他行尸走肉硬挺着，只是为了陪伴虞师母，怕她孤单啊。后来幸好撞进来一个秦家骝，向虞老师讨教古玩，他这才感觉有了一点生趣。你要知道，有的人天生就是为了

　　　　　　　　凡尘磨镜录

"白相"来的,白相才是他的魂魄,离开了这些,他也早就不是他自己了。

家骝才知道,当初虞老师跟虞师母是私奔,结果弄假成真,变成了有家难回,落魄江湖。尤其是虞老师阴差阳错地脱离了他的原生生活,这样的一个人,他就注定会缺氧、会窒息、会毁灭。这一切说到底,都是为了一个"情"字,为了男女之间那个情,付出如此惨重的人生代价,最后郁郁而终。

虞师母说:家骝啊,小兰说背井离乡跟你来此地,现在你却不要她了,她这心里实在是苦,这句话打动了我。我把这些并不光彩的陈年往事告诉你,是要你明白一个道理,每个人都有自己的命,修是福来,作是祸来。那位姑娘年纪轻轻,如果再过十年十五年,你就到了老年,而她正当盛年,如何保证恩爱?这婚姻之事,男女之情,弄得不巧往往就会变成人生劫数,贫贱夫妻百事哀,因爱成恨也比比皆是。当年如果你老师和我不那么任性,最后他的终局可能不会那样凄凉。你现在事业有成,这些年收藏也已经渐成规模,足以告慰老师的在天之灵,只要好好作为,见识学问必将更上层楼,日后必定胜过老师当年。

想起当年老师临终时候的凄凉,家骝心里一阵难过。

虞师母说:老师临终之时,你以为他是伤心吗?不是的,他是不甘心,他不服气。最后的几十年生活剥夺了他的机会,否则,无论鉴赏、金融、外文甚至戏曲,哪一门学问他都能做得比别人好,他是可以流芳后世的人哪!虽说是心有未甘,但是在他最后一息,喉咙里喊的,你听到了吗?

家骝说:听到的,当时听不真切,像是被痰堵住的声音。

不是的!他是在喊"康康""康康"。康康是他的儿子,新中国成立前夕老师跟全家失散以后,就再也没有彼此的消息,他是在痛心,在遗憾啊。虞师母说,有些话,只有我一个人听得明白。他因为宝贝我,怕我不开心,几十年一直隐忍不讲出来,可到临终,他最挂念的还是自己的子女,他是想自己的骨肉,是在忏悔。家骝,小兰是个传统女性,她甚至说到可以容忍你在外面逢场作戏,只要不离婚,她能够和平相处。一个现代社会的女人能说到这种地步,可以了。回去好好想想,跟小兰好好谈,共患难的夫妻,这么多年都过来了,不好说拆就拆的。我们虽然是两辈人,但说穿了是同类人,都是传统社会里走出来的最后一代,管我们的永远不是社会和法律,而是我们自己的良心。去伤害这样的一个人,最后自己的心也一定是要受伤的。

二十

家骝回来要小兰签字,小兰一个劲哭,后来哭也哭不动了,就是不说话。她知道,总是说不过家骝的。

去找虞师母之前，她回老宅公婆处哭诉过几回，两位老人一个劲劝慰，背后也骂了几百遍杀千刀，当面却没有说一句硬棒的话，责令儿子不准之类。她每哭一次心里就凉一回，开始的时候，她想这天下父母都是偏袒儿子，不会回护儿媳的。儿子总是自己人，儿媳总是外面人，到了关键时候，就看得出了。慢慢地，她觉察出公婆并非不知情，而是跟儿子串通好的，他们早就达成默契，耗着她的心气，独欺负她一个外人。哭到后来，她想，这个事是谁也指望不上，只有靠自己，便一抹眼泪，走了。

　　小兰也想到过南南，用女儿这根纽带对家骊施加影响。很快她发现南南也不起任何作用，家骊就是表面上跟女儿虚与委蛇，当面说软话，第二天就回来接着逼她签字。虞师母是什么话都帮她说了，也没见家骊的态度有丝毫转变。有时候，夜深人静，小兰一个人睡在柔软的真皮床上，深想想，说实话，什么离婚啊、抛弃啊，其实并没有多么可怕。这些年生活在城市里，特别是开店做生意这么多年，听到很多也看到很多，她到底也已是见识过世面、经历过事情的人，如今银行里有存款，账户上有股票，名下有店铺，有些还是家骊都不掌握的，要说钱，是几辈子也花不完。因为手头宽裕，娘家也没少受她的接济。家骊总是那么忙，回来也就是睡觉，说不上几句话，到了这个年纪，其实男女之间那点事也很冷淡了。作为一个女人，这些年影影绰绰早就感觉到男人在外面有事，但是她想,这样一个男人,要钱有钱,要才有才,要貌有貌,自己当年不就一眼就相中了,死活要爹爹出面促成的婚姻嘛,要是在外面没点什么花花事才怪了。真要说到对于离婚的恐惧,在她如今的心中,其实也没有那么严重。她不能接受的是,这个离婚提得太突然了,一点预兆也没有,如果早就打打闹闹、鸡飞狗跳,说不定她就没有这样一股心气了。要说家骝逼她签字,她有多痛苦,其实也谈不上,她可不是二十来岁初到城里的时候了。可能是年纪到了,也可能在城市里面生活久了,城市给了她力量,她对于丈夫早就没有那种囹圄的依附感了。自己有生存的能力,更消除了她对于未来的恐惧。她这样哭哭啼啼,软磨硬泡,多一半倒是为了面子,似乎离婚这桩事对她并没有多少实际的伤害,只是伤了她的面子而已。她感觉,倘若因为另外一个女人,结果丈夫不要她了,被人知道了挺丢人的。

每当晚上,小兰都会想到,既然一个男人的心已经不在你这里了,就是死乞白赖不撒手,你也早晚留不住,那又有什么意思呢?可是,到了白天,她看到家骝,又忽然会变了想法,哭着喊着不松口,哪怕夫妻关系名存实亡,要她放弃,想也别想!等家骝转身离开,大门嘭地关上,她又会想,何苦呢,这是何必呢,自己什么时候变得这样想不开?小兰有时候觉得,自己真是莫名其妙,脾气怎么变得一出天一出地,是不是更年期了?

132

离婚这事耗了大半年,每天总有桩心事牵扯着家骟,在公司做事情也没个定心,父母看见他也都说脸色难看,灰头土脸,会不会身体有问题。眼看市里一个经济考察团的出国行期临近,家里这事还悬而未决,迟婕那里也不消停,不是哭闹就是带着孩子玩失踪,生活全乱套了。现在家骟宁愿更多的时间待在公司里,忙虽然忙,倒还清静。可是,待在公司里也不得安生,父母的电话、迟婕的电话、南南的电话随时会潜踪而至,无休无止。独自躺在床上的时候,他也陷入沉思,自己周围那些人成天花天酒地,换小三跟换件衣服似的,外面彩旗飘飘,家里红旗不倒,不都一个个活得如鱼得水,怎么这事一到自己这儿就变成这个样子了呢?良心,良心,难道就因为自己还讲良心,所以就得受这个罪,就得受这个折磨吗?去他妈的良心,去他妈的对谁谁负责,我他妈先对自己负责了再说,爱咋地咋地……可是到天一亮,他脑海中跳出来的第一个问题就是,这个事,别人会怎么看?这一切让他更加烦躁,必须做个了断,否则自己真的要崩溃了。

　　这天,他约小兰在家里见面,他特意说了"最后通牒"几个字。小兰前几次都故意放他鸽子,人不待在家里,手机也不接,让他骂也没对象,打也够不着。这次他推门进屋,小兰倒是在,小兰说:你讲的"最后通牒"什么意思,是不是今天谈完以后,再也不提"离婚"二字了?如果你言而有信,今天咱们就谈谈,如果你今后还要再纠缠不清,咱们就没什么好谈的。家骦被她说得哑口无言，不知道这个女人什么时候变得这样厉害。

家骦只好再从头做工作，说：现在事情已然如此，就是拖着不办手续，这婚姻也已经没有任何意义，我们两个就是勉强在一个屋檐下也别扭了，这又何必呢？你就高抬贵手，成全我们，行行好不成吗？小兰知道家骦素来不会求人，今天能说到这个份上也已经跟跪下来磕头差不多了。她忽然一想，他今天显然是失去耐心了，说不定挺过这一次，他就会彻底死心。这么多年来，以她对家骦的了解，她觉得这种可能性是完全存在的，于是，把心硬一硬，头一扭，不理他。

家骦垂着头道：我们二十多年夫妻情分，就算你积德行善了，帮帮我，好吗？他抬起头的时候，看到小兰两只肩膀不住颤动，她开始抽泣，随后终于控制不住情绪，伏在台面上号啕痛哭。家骦一时语塞，站着手足无措，小兰哭了一阵，抬起头，说：家骦，你也知道我们二十多年的情分啊？今天我可以成全你，你只要告诉我一句，那个女人身上有什么奇特的地方，但凡只要有一样她有的我没有，今天我二话不说，签字给你！家骦愣在那里，没有话了。他知道，今天又是白跑一趟。

家骦从桌面上收起离婚协议书，塞进包里，转身准备出门，走出去几步，回过头来，说：小兰，我告诉你实话，我不是为了迟婕，我是为了儿子。如果我不能给她一个合法的身份，儿子就成了人人看不起的私生子。孩子……是无辜的！

小兰呆住了,闹了这么久,从来没有人跟她提过,那个女人为他生了个儿子。她定了定神,又问一遍:你再说一遍,是个儿子,你们……有了……一个儿子?

既然话已出口,家骝知道隐瞒是不可能了,索性坐下来,等着小兰扑上来,厮打也好,痛骂也好,他都不怨。

可是,出乎他意料的却是,小兰停止了哭泣,她盯着他,似乎一脸不相信的样子。家骝于是把实情和盘托出,他说:为了这个孩子,我才决定离婚。如果没有这个孩子,应该不会走到今天这一步。

她想,是的,一个儿子,还有什么比生一个儿子更硬气的呢。那个女人身上是一样东西不比她多,可是,她的肚子生了个儿子出来。这个,是她小兰没有的。家骝说如果没有这个儿子,他是不会提出离婚的,这不就够了吗,自己还有什么好争的呢!小兰一口气落下去了——现在看来,公婆两人是早就知道得了一个孙子,否则,怎么可能这样装聋作哑呢。是啊,儿子,在她的家乡,一个男人为了得一个儿子,是什么都可以豁出去的。

小兰说:确定儿子是你自己的?

确定。家骝的最后一口气也都泄光了。

小兰说:好,我签!

家骝以为自己听错了,满脸疑惑看着小兰,不敢动弹。小兰对他重复一遍:为了你的儿子,我同意离婚。

家骝听傻了。

小兰提出来,离婚她没有任何经济上的要求,但是秦家必须答应三个条件:第一,只要小兰有生之年,活在这个世上一天,那个女人和孩子就不能出现在秦家任何场合,是任何场合,包括秦家所有的婚丧嫁娶;第二,在小兰父亲活着的时候,离婚这件事不能让老家人知道,因此安徽老家的婚丧嫁娶家骝必须无条件配合出席;第三,跟那个女人不准举办婚礼。

二十一

在当初的国企改革浪潮中,如果说家骝表态不愿意接盘是老谋深算、欲擒故纵,那肯定不符合实情。可要是现在回过头再去看,只怕谁也不会相信那是真的。这才短短十几年的时间,地皮飞涨,到处报出"地王"的新闻,当然对于老百姓来说,这些毕竟隔了一层,似乎无关痛痒。让他们深有感触的是,商品房价格的一路抬升,从每平方米两三千居然跃上一两万,工资这才涨了多少呀?货币贬值又是多少?刚需买房的人伸长脖子等着房价回调,股票市场尚且有涨有跌,市场经济从来没有只涨不跌的情况——可是他们失望了,房价从来没有按照他们的预想回头。现实十几年的教育成果就是,老百姓学会了什么叫作"追涨",越涨越买,自然越买越涨。原来物资公司转制成本主要来源是企业资产,这种商贸企业自然主要是办公大楼、标准库房、三产经营的宾馆等房产,当初转制给家骝的时候,人员负担重呀,政策不明朗呀,这些资产对任何人都没有太大吸引力。但是禁不住这样连续十几年的暴涨呀,这十几年时间正好把原来改制职工的负担尽数消化掉,人员办理退休,都进了社保,而资产却涨了几十倍。楼宇经济开始启动,这些房产还在源源不断替他生蛋。现在看得明白了,当初的转改制是一次历史性机遇,是利益的重新调整。都说早知道后来的社会发展趋势,当时就是借高利贷也应该去竞争一下,这样的际遇,千年等一回了。

家骝这样的企业家,转改制是他赶上了,这一批人后来却朝着不同的方向在发展。有的稳扎稳打,安于守成,到后来企业逐步收缩,资产被政府征收或者实现套现,他们中很多人选择了移民或者将下一代送出去,国内国外两头跑跑,守着巨量财富享受余生。他们关注理财,关注投资,重视财富的安全和生生不息。也有一部分人,快马加鞭,抢赶潮头,继续向着产业前沿快跑,如家骝这样年富力强的一批。家骝比其他人运气更好的是,他跨行所进的是后来扩张最快、赚钱最易的房地产行业,这一波他是又赶上了。日后家骝回顾,他说:虞老师当年就说过,人总犟不过命呀,人生的事,很多时候说不清楚。别人都会以为他是不肯泄露天机,故作深沉。

家骝后来想想,说是运气、是命运,确实有点矫情了。要没有当时的副市长,要没有遇见那么多命中贵人扶持一把,他能进军房地产吗,能够未卜先知、算无遗策吗?所以说,还是在对的时机遇见了对的人。人邂逅的每一份缘分,说穿了,取决于你自己是怎样的一个人。这就相当于照镜子,你是怎样的人,便会在生命中遇见怎样的人。中国的玉石文化源远流长,没有哪一样东西具有玉石那样广泛的认同感和亲和力,玉石是中国人之间沟通的最优质媒介,多少地位高、身份特殊的名流富商,你本没有接近他们的渠道和可能,但是有的时候,只要聊到玉石,聊到传统文化,便很可能马上奏效,极速拉近关系,成为可以惺惺相惜的昵友。说到底,玉石不仅是商业上、文化上的一种形态,也是人与人之间的一种重要黏合剂,更是人完成自我修炼的一种途径。玉石温润泽厚,人养玉,玉也养人——正如此刻,家骝坐在飞向香港的商务舱中,凭窗远眺,思绪中经常就会想到这些。一个人到了耳顺之年,一切都趋向平和,越发懂得反省和感恩,而这正是做人最基本的素质。做不好人,怎么做得好生意?

最近二十年,收藏市场也发生了天翻地覆的变化。进入二十世纪的最后十年,市场经济朝着我们走来了,很多政策性禁锢被打破,古玩艺术品市场逐渐从地下浮出水面。尤其是玉石价格,几乎跟房地产的律动一致,于是玉器成为收藏市场的宠儿。家骝购买玉器的脚步从原来的国营文物商店转而迈向更为活跃的民间市场,当时市场刚刚兴起,哪里有什么行家,也根本没有多少专业书籍,一切都像鸿蒙初开混沌一片,就是做这一行生意的人,如"三块"这样的活跃分子,也是凭直觉、靠胆量在收进卖出。好在随着城市拆迁大潮涌起,民间对于古玩的认识尚未觉醒,户家不乏旧物流散,价格又低,便时常有各种"漏"与各种传奇。后来内地文物拍卖起步,市场便具有了两套价格体系:店铺价格和拍卖价格,拍卖领先于店铺,当然拍卖市场的物品质量也普遍优于民间市场的。这个时期,是拍卖市场带动了民间市场向纵深发展。

紧接着,翻开新世纪最新的十年。拍卖乘势引领民间市场向上冲,电视节目、杂志媒体又帮着加码,于是一夜暴富、"开张吃三年"等功利主义理念迅速抬头,引发民间思富热潮,勾起无穷贪婪欲望,带来"全民收藏热"。实则,跟进的升斗小民都是金字塔的塔基,等他们望风而入,商家囤积已告完成,藏家搜罗已成规模,价格体系则更上层楼。后来者付出高昂代价,没买到优质精品,且赝品假货成堆,十之八九钞票都打了水漂,豁达者呵呵一笑而敛手,固执者苦苦追索而不休,成为一幅盛世喧嚣图轴。出版业迅猛发展,古玩图书如雨后春笋,不仅新写的书墨迹未干就已经变为印刷品,大量从来没有购买过实物的博物馆"专家"更是著作等身,赚足稿费。民间的力量不断上升,很多收满一屋子假货的老板也来过"专家"瘾,不知从哪里购买来一个横空出世的头衔,跟老专家合上几次影,便也出书的出书,讲课的讲课,帮人鉴定的鉴定,生意从来不断,日子过得也很舒心。于是,市场越来越乱,造假贩假走向产业化、专业化,从造假货到造假著录、假回流,等着各路寻宝好汉慧眼识珠,刷卡付钱。或者,干脆举办拍卖会,服务实现一条龙。到后来,民间市场货源告罄,但产业规模已然坐大,产能跟不上消费,需求还是旺盛,行家便把眼光投向海外。先是东洋,紧接着西洋,挖地三尺,剔抉不疲,肩背手提,快件邮递,弄回国内,冲入市场,车载斗量,堆积如山,名之曰:新时代的"铲洋地皮运动"。初始还有少量精品,后来发现大多俱是民国晚期和新中国成立初期仿制,友谊商店卖给洋人的货色,当初为国家换取外汇,今日又都回来了。反正也有些年头,挺起胸脯冒充清中期清晚期,也不容易被识破。其实,民间市场已经走进死胡同,气息奄奄了。最终,民间市场影响拍卖市场,内地拍卖行业贪大、贪快,行业自律欠缺,一时急功近利,泥沙俱下。海外拍卖大鳄见机而动,挥师东征,苏富比、佳士得大力发展香港业务,占领桥头堡,火力笼罩内地市场板块。他们专业干此营生两百年,宣传策划细密慎重,讲话做事一板一眼,让人信服,且注重拍品货源、传承信息,比我们这边就显得铁证如山,不容置疑。从此内地藏家携带大量财富,春秋两季纷纷移师中国港岛,激烈举牌,竞价购物,催生无数天价古玩、拍卖神话。于是,全球古董文物向中国倾销,内地财富滚滚流出国境。这些过程,家骝都躬逢其盛,亲身参与,一一经历,乐此不疲。他说:这恐怕也将会是一个历史性的历程,值得后人铭记。

这个时候,又有很多先富起来的朋友,看到他的藏品增值和无穷乐趣,纷纷表示:又是你,有先见之明!家骝心里暗笑:我喜欢的时候,谁知道居然会有今天的局面?

说到内地民间收藏市场的演变,科技的发展也给它增添了异样的色彩。

网络普及之后,古玩论坛兴起,天南海北的人在网页上发着图片,写着文字,吸引着不知哪部电脑后面的眼球。开始的时候动机是原始的,图文是粗糙的,交流各自收藏心得,展示藏品魅力。那时手机尚没有拍照功能,你必须还要配备一部数码相机,调好微距,拍出细节,数据线往电脑一插,图片纷纷飞进电脑,然后发到论坛。起初大家比较单纯,并没有商业动机,后来发现清谈不适合网络,网络上的特点就是:短、平、快,还要跟功利相结合,人的热情才能有望持久。凡事跟金钱名利结合,便一定伴随争斗,特别是网络世界,你不知道他是谁,他不知道你在哪里,人失去现实约束,人性的阴暗面就被无限放大出来。本来是羞涩的银行保安,他也口气大得像行长,本来是寡言的初学者,他也会从别处剪贴来大段的发言,头头是道教训别人,本来是想出手一点货品,却成了别人兜售的对象,于是开始留言、争论、吵架甚至攻击。用心不良的人注册几个马甲去踢帖,一边恶毒贬低别人的物品,混淆真假，一边用短信询问着价格，套着交情，谈论着成交与否。也有人发了帖子，再用不同的马甲去顶帖刷屏，在大拇指和鲜花的表情之下，也不知道有没有人中招或上钩。

论坛兴盛时，职业商贩、收藏大家、业余菜鸟各路人马潜水的潜水，吵架的吵架，利益所在，结成了很多帮派或曰团队。于是党同伐异、诋毁捧场，热闹非常，也混乱不堪。你若初入论坛，如果不是慧眼如炬、心定如铁，就会被他们绕得昏天黑地、眼冒金星。后来论坛成为钓鱼的诱饵，偶尔发点极其开门的货色，吸引客户询问，一一加为好友，另拉一个QQ群，在里面实现货品吞吐、藏品交易。慢慢又发现出现问题，不小心混入同行竞争的对手，他也发货品，还拉走你的好友入他的团伙，于是又是一阵火并。该吵的吵，该踢的踢，人员重新组合，利益重新划分，可是往往大势已去，情况已经来不及收拾。

有的人就发觉，一切的混乱均来自网络世界信息的隔膜和不透明，如果将真人一一对应，很多网上的"键盘侠"在现实里往往反而是软弱腼腆的内向人，很多死冤家、活对头一旦见了面，彼此的做派均收敛许多，很多死硬斗士除了眼光稀松一点之外，其实还是好同志，于是便开始约网友会。天南地北的同行坐着火车，坐着汽车汇聚到一起，喝点老酒，看点货品，面对面，眼对眼彼此说话果然都客气起来，行业隐秘与含蓄的特征还保持得住。于是，网友会就遍地开花，长沙、武汉、郑州、太原,每年都要聚上一轮。当时市场还有地域特征,南北差价也大,网友会就成了新业态。很多开店的小老板发现,身处二线三线城市守着一家冷清的店铺,生意还没有跑几次网友会来得实惠。

有的地方国有文物商店见猎心喜,参与到这种业态里来,于是提升格调叫作"交流会",私营小老板就自然而然显得边缘化。那时便会增加进去很多体制内的开幕式、领导讲话之类不相干活动,这个会展的时间就被拉长,成本也被增加,为了节省差旅费用,网友们尽量缩减日程,提早进入指定宾馆,晚上在床上把货品摊开,呼朋唤友,开始交易,美其名曰"床交会"。都是些行走江湖的年轻人,没什么拘束的,有什么说不出、想不到呢。而那些国有文物商店在市场经济大潮的冲击下,大多数渐渐消沉下去,即使古玩价格一路飙升,可也架不住他们坐吃山空,甚至吃里扒外呀。多少年了,库存见底,技术老化,人员涣散,这些国有文物商店的好日子算是走到头了,于是忙着转制成私人经营的有之,回归事业单位性质吃"皇粮"的有之,吹灯拔蜡关张打烊的有之,市场的主体逐渐从国有企业转换到民营企业。

这样忙乱高效而激情四射的时代,最终把内地民间古玩市场完全整合,货品见底,差价并轨,一切悬念消失,市场渐渐归于沉寂。而在古玩市场内部来看,分层已告完成,阶层固化,壁垒森严,处于高端的古董领域进入资本的时代,跟普通民众和业余玩家早已完全绝缘。家骝自始至终见证了这些小辈的兴起、做大、淘汰、走向末路，或者也有极少数修成正果，渐成一代藏家的气象。家骝很少在这类群中购买东西，每年难得碰见一两件有趣的小玩意儿，才伸伸手，属于拾遗补缺且非漏不捡的阶级。他早已过了这种初级阶段，他参与他们、观察他们，只是因为好玩，他喜欢看热闹，尤其是这个行业里的热闹。因为在他处于同样阶段的时候，只有冷寂，市场里并没有这种热闹的。

　　再后来，智能手机出现了，手机都可以上网了。南南说：新出了一个软件叫微信，比QQ更适合在智能手机上使用。它有一个功能叫"朋友圈"，你一发图片文字，你的好友都能够看见，但是好友之间如果不认识，他们就互相看不到。家骝说：那就相当于自己办一个广播站咯，别人能够听到你的，他们之间却联系不上。南南帮家骝注册了微信，家骝玩了一阵发现，玩古玩的那批人也迅速加入微信队伍里来，每天手机里嘀嘀的信息声都是之前通讯录里的熟人加他，古董行业里的人天天发着藏品货品，做着免费的宣传广告，开始觉得挺有意思。手机拍照功能越来越好，有的人随时随地发朋友圈，一举一动都变得透明及时，家骝有时候会感觉到恐惧，生活太透明了，人活在世界上没有新奇感和距离感，还会有乐趣吗？

　　可是，自从有了微信，一切都变得很便捷，家骝感到他自己也有点离不开手机了。人对于未知的世界,总是怀揣着欲加窥测的好奇心理,何况是面对这样一个带着隐秘色彩的行业,他人的动态、未知的藏品、交易的轨迹,是任何一个经年置身其间的人很难抗拒得了的。他甚至感觉,自己是被手机绑架了,或者说是被某种之前并未觉察的欲望所引诱,被卷席而来的海量信息所粘附,被这种"便捷"所带来的依赖感所缠绕。他觉得好笑:人,好不容易摆脱财富、名誉、地位等等困扰,又从沉溺于纯粹自我的精神世界里超脱出来,难道却最终成了一部手机的俘虏?

二十二

家骝走进苏富比拍卖的预展场地,他们这次租了超豪华、超开阔的展厅,但已经人头攒动,看来裘焱之的大名还是极具市场号召力的。虽然他已经去世三十多年,藏家们还都忘不了他。

数月之前,家骝获悉裘焱之旧藏将在香港苏富比举槌,看到"裘焱之"的名字,他的心一跳,这三个字实在太熟悉了。他想到虞老师临终前夕,赠给他的那册藏品集,"裘焱之"这三个字已经伴随了他整整三十年。他也是网络兴起以后才查到资料,发现原来这位举世闻名的鉴藏大家早虞老师一年去世,但是他的年纪要比老师大一轮。裴焱之移居香港、瑞士之后,周旋于瑞典国王阿尔道夫和英国大维德基金会帕西瓦尔爵士等富豪之间,事业成功,享誉全球,甚至被誉为二十世纪世界四大收藏家之一。过了一阵,家骝收到拍卖公司邮寄过来的全套图录,里面有一册是裴焱之旧藏专场拍卖图录,除了瓷器和犀角器,玉器有一些,但并不是重点。他先翻阅后面玉器部分,果然,看到了白玉鱼符。于是,他决定不再通过电话委托的方式竞拍,要亲自来走一趟,并且提早一天就到,让时间从容一点。

　　这次专场拍卖一定会成为市场热点,所有的拍品都会溢价成交,这是毫无疑问的。但是,玉器并不是本场的重点,尤其这件鱼符更是貌不惊人:器物很小,且大家都能看出这是一件失去另一半的残件,起拍价定得很低,才两万港币。越是这样,家骝越是觉得容易出现意外,这样的大牌公司压低起拍价往往是为了吸引更多的买家过来"捡漏"。这样的器物、品相和传承出处,一般在大型拍卖会上二十万以内是有把握成交的,他早在心里预估好了金额。

　　走进前厅,家骝直接就过去缴纳了保证金,领好号牌。其他人都还没交金,大部分牌子可以选择,他挑了一个自己的吉祥号:七号牌,便转身去展厅看预展。

　　那半条玉鱼符陈列在展柜里,他点了几件东西,请工作人员一并拿出来给他上手。工作人员引导家骝在一张桌子前坐下，戴上白棉手套，拧开台灯，不一会儿工作人员双手捧着托盘缓步走过来，将他要看的几件玉器，一件一件放到黑丝绒台面上。家骝这才发现，鱼符是带着一个有年份的原配锦盒的，大概锦盒不像硬木盒子那样受重视，拍卖图录上并没有特意注明。

这鱼符他太熟悉了，几乎不用上手，就可以肯定，跟虞老师所赠的半件就是原配。这些年，家骝专门研究过鱼符，知道这是古代用于调兵遣将的信物，而出土古物中多为青铜质地，玉质的鱼符十分罕见，全世界各大博物馆中的同类藏品屈指可数。他托着锦盒研究半晌，发现盒盖的内衬锦缎上有墨笔小字，字迹有些模糊，书法也不很精到。写的是：

　　　长安县所出唐玉鱼符为沪上虞君所得，一时心喜索借把玩，虞君慨然允半。遽遭国变携之海外。人海茫茫，迄无音讯。若非人鬼两途，他日相见，完璧归虞，当笑岁月不居，与君均是凡尘中磨镜之人也。

文字中透露，玉鱼符从西安出土之后就被虞老师购买到手，裴焱之向他借到半件把玩，后来局势动荡两人便再也没有碰面，这半件就一直留在裴氏手上。裴氏直到晚年，念念不忘此事，说只要有生之年再度相遇，定当奉还宝物，把臂言欢，堪笑时光如流，也敌不过他们这些风流人物——这语气是豪迈的,是事业得意之人的口吻。裴焱之是说,他们这些人就是潜身在红尘俗世里的活神仙。家骝知道所谓"磨镜人"是吕洞宾的典故,传说他曾乔装成磨镜子的凡人,在人世间游戏红尘,还曾作诗说:"手内青蛇凌白日,洞中鲜果艳长春。须知物外烟霞客,不是尘中磨镜人。"

次日,家骝提早一个小时入场。走进去的时候,座位已经基本坐满了。

买东西的人,一般都不喜欢坐在前排,因为你举牌或成交被人尽收眼底,只有一位大藏家除外。这位香港张老先生今天果然已经跷着二郎腿坐在第一排了,还是一身名贵的欧洲手工白西服,白皮鞋,戴着礼帽,茶色镜片之后你看不清他的眼神。他永远举一号牌,他想买的东西你别跟他争,他举起牌子就不会放下来,除非他要的东西到手。他也是出身于当年上海滩上的文物世家,民国年间的小辈英雄,现在的拍卖界巨擘,也买也卖,哪个拍卖公司都得给他面子。张老先生跟裴焱之祖籍都是苏州,因此他们也算是大同乡。

今天家骝决定坐到前排去。他跟张老先生在伦敦、纽约的拍卖会上也曾见过几面,因为没有引荐的人,彼此点个头就过去,算是面熟。按照这个行业里人的习惯,这种关系是不方便主动攀谈的,谁先上去说话,掉身价。但是今天家骝决定主动跟他打个招呼,他果断地向第一排走过去,俯身问好。行业里都知道,这位老先生素来不喜欢被称"老",而喜欢自称"小张"。当然,你如果真的称呼他"小",那就是没规矩了,人家八十多岁的人,你这样说话,还能理你?

家骝直接称呼他"张先",老先生很满意。略微颔首,脸上浮出点笑意,这话就好讲了。张老先生把脚让过一点,意思是你坐,家骝就在他旁边坐下来。这些人之间是不用自我介绍的,人家对你不一定感兴趣,感兴趣的话自然会认识你,你也不用说些敷衍客套的废话,大家都很忙,宁愿一个人闲着发个呆,也不愿拿时间精力来闲扯。

家骝说:张先,很不好意思,知道您来是一定要出手的,我因为看中一件小东西,是先师旧物,很想得到,所以如果您凑巧看上这件的话,还想请您给个面子,松松手!他的话讲得漂亮,先捧了对方,也告诉他知道对方的习惯,然后讨人情,既然是当面讨人情,你自然从此是欠他一个情。家骝提出的这个理由也是十分充足的,因为是先师的旧物,而且是件小东西,所以势在必得,如果对方连这点面子也不给,那就反而不近人情,显得小气了。

哦,哪一件?张老先生是世故堆里的神仙,坐到这个场子里的人哪个没点实力呢?人家抬了你的身价,上海滩上旧话——什么面都好吃,只有情面不好吃。出来江湖上走,能照顾到的情面都要给的。

有件白玉鱼符,另一半在我处三十年了,今天特意过来想配齐它。家骝知道,跟聪明人说话,最明智的办法就是实话实说。你向他讨人情就该坦诚恳切,如果藏着掖着,耍小聪明,是要被人看不起的。

好。张老先生这就算答应了,反正只要这话出口,这件东西他就不会举。他忽然转过脸来,道:请问,兄台跟虞焕章是师徒?

家骝大吃一惊,没想到他居然叫得出老师的名字,郑重回答道:是的,我是"文革"前认识虞老师的,蒙他不弃,教授了我多年鉴赏玉器。

张老先生点了点头,问:新中国成立以后我们就断了联系,没想到他居然没有离开内地。你称他"先师",他是哪一年去世的? 生前景况如何?

家骝简单讲述了虞老师的状况,张老先生一阵唔叹,说:一代风流人物啊,那时候的上海滩,我们这些人都是围着他转的! 他伸手拍拍家骝的肩膀,说:这一场,你想要的就举牌,你举我就不举。

好的,谢谢张先。家骝毕恭毕敬谢完,就正襟危坐,不再多话。等会儿拍卖开始,他也会注意张老先生的动作,只要对方抬手,他就不动。但是这个话,他是不能说出口的,那显得过分托大。你只要这样做了,人家心里自然知道感念,这种层次的人,言行都有一定之规,人跟人之间凭的全是感觉。

拍卖会开场以后,家骝跟张老先生配合得很默契,家骝举牌,老先生不动,老先生举牌,家骝就按住牌子袖手旁观。各

　　　　　　　　　　　　凡尘磨镜录

自拍过几件东西,张老先生又转脸过来,说了一句没头没脑的话:你,很好。那便是对他前面所买几件东西的全部褒奖和肯定了。

鱼符的排序在中场位置,到拍卖师喊开始的时候,家骝学着张老先生的派头,右手将七号牌举起,一动不动,像对后面的人在说:你们想争就放马过来吧。果然叫过几口,到十五万,后面竞价就有点零落了。到二十五万,场子里就只剩下高高举着的七号牌,拍卖师敲了一记槌,再问还有没有,家骝已经听到后面有掌声响起。紧接着,上面再敲第二记槌,家骝想,总算是大功告成了!

没听到第三记槌声,却听拍卖师在报:场外专员的报价,电话委托,三十万,现在是三十万。拍卖场上经常有这样的情况,家骝也没感觉多少意外,跳空顶一口,四十万。可是,委托台那边还在加价,场上出现了一片嗡嗡声,后面甚至有人站起来在前后瞭望,想一探究竟。家骝把牌子举过头顶,一动没动,价格迅速蹿上去,六十万,八十万,拍卖师带着激情在喊:现在场外报价一百万。

家骝挺直身子,做了一个手势:一百二十万。

场子里一下安静下来了,大家的目光都盯住台上的拍卖师,在等待揭晓结果。行家们都想不通,这件鱼符就是再罕见,也是个残件,也不值这个价格。场外报价没有动静了,拍卖师敲下三遍槌:第三次,现在场内报价是一百二十万。恭喜您,是七号先生的了!这次场子里爆发出一阵比刚才更响的掌声,都说拍卖是一场没有剧本的即兴演出,在这个行业里玩的人,最愿意见证的,就是这种激动人心的情景和出乎意料的场面。今天这一段,真精彩,没白来。张老先生也侧过身,含笑给他鼓了三下掌。

家骝接着又举下两件玉器,现在他发现只要他的七号牌举起来,后面跟的竞价声就很快会偃息。张老先生转过身,在他耳边说:这是市场对于一个胜利者的礼敬!他也对张老先生说了句悄悄话:拍完下一件,我就抽签,您慢慢玩,今天谢谢您。我这套戏法,是边学边练,往后还得好好跟您学。今天真的谢谢您!

家骝到下半场就站了起来,他要买的已经买好,离场了。他绕到场子边上往后走,头也不回一下,他的背影像是骄傲地对着全场在说:我可不是鱼没有虾也好的人。虞老师当年说过,白相人顶要紧的就是格调,这叫作"腔调"!

家骝把两半鱼符合在一起,严丝合缝。一千年之前的一套玉器,在一百年之前出土见到阳光,分散了半个多世纪,终于又走到一起了。裴焱之的那半件,依然是出土时候的生坑状态,僵白黯淡,而老师的这半件,由于多年佩戴把玩,已经盘成熟坑,包浆润泽,沁色红艳。在同样的岁月里,一半是繁华,一半则是孤独,而繁华造成了荒凉,孤独却演变为瑰丽,难道也是另一种命运的隐喻?

二十三

　　上海大堂兄打电话给家骝,询问家里清明扫墓的时间,说今年打算跟老家的兄弟姐妹一道去。自从大伯父去世,上海堂兄们下来上坟都是绕过城里,直接到乡下祖坟祭扫,从来也没像这样通过声气。母亲说:一起去也好,人多热闹。再者跟上海多少年也没走动了,按说是嫡亲的侄子,也都是古稀老人了,还能再来几回?母亲叫家骝问问清楚他们来几个,到时候请他们吃顿饭,别让人感觉咱们怠慢人家。大堂兄说,就来他一个,别的兄弟都有事脱不开身。母亲在背后议论:都是退了休的人,哪里来那么多的事?

　　按照乡俗,新坟祭扫必须在清明节之前,老坟就没这些讲究。父亲、二伯父和三伯父、三伯母去世入葬都已超过三年,家骝跟大堂兄约好时间,再通知本城的堂兄弟,反正他们都是退休在家,儿孙绕膝了,时间上自由得多。哥哥和外贸公司的堂兄都说现今住得远,不到老宅会齐了,各家直接下乡,小辈都有私家车,交通问题自行解决。孩子们有空的都去,实在走不开的也就不勉强,反正各房都有代表到场就行了。家骝说:那老宅的两位老人和堂兄、堂姐两家由我准备商务车,安排司机接送。家骝问上海大堂兄:打算先到老宅随大家同车走,还是自行下乡?大堂兄说:下了火车先回老宅,拜见了婶婶以后,跟车下乡。家骝说:那早一点动身,祭扫带踏青,午饭回城里吃,安排在自己公司餐厅,定定心陪大哥吃杯酒。大堂兄说:好。

江南早春,景致娇娆,久居城市的人到了郊外才发现,草色如茵,树木葱茏,映山红、玉兰、迎春、杏花、梨花都络绎开放,原来春天是早已经到了。堂兄弟几个拿出工具,帮坟头除草培土,年轻的那一代是没有任何劳作的经验,反而都背靠背晾在一边玩手机。好在活不重,活动活动筋骨,就当是锻炼身体。南南在看朋友圈,说:奇怪,今年阳山桃花居然还没有开,花期据说要延后十天左右,这是什么缘故?母亲在旁边说:以前老话讲"桃花早开便作妖",开早了是不好的兆头,今年却是晚开,不知道是什么意思?二伯母笑笑,看着石牌上刻着的那些名字,没作声。

这里还是早年祖父在的时候置下的坟产,算来已有百年以上光景,在此安息了秦家几代先人。反正每年都有坟亲上来帮助清理和堆筑,自己动手除草也是按照多少年传下来的老规矩,表示个敬意而已。这片坟地在青龙山尾一段高冈之上,现在已经整治成为森林公园外围区域,本来说,墓葬都必须迁出去,但是由于坟地涉及户主太多,且都是附近村民几代人的祖坟,乡政府也不好硬来。最后采取折中办法,将所有水泥坟圈铲平,石碑放倒,墓前重新安放朝天的黑色大理石小石牌,刻着墓主姓名、生忌时日和本墓的统一编号。二伯母说:活脱就像块门牌号码。门牌就门牌吧,现在公墓也都是这个款式,总算是保住了老坟,安安稳稳还在这里。

堂兄弟几个在每个坟头插上一根青翠竹竿,挂上一串飘纸,每个坟前放置好定量的糕饼、水果、鲜花、纸锭。旧时上坟必须的鱼肉菜蔬携带不便,祭完再吃,不卫生,祭完丢弃,造成浪费,家里是早已改革多年。二伯母说:就纸锭多烧吧,里面的人想买什么就买点什么,鸡鸭鱼肉悉听尊便。他的儿子在一旁说:现在阴间也改革开放了,市场经济社会,有钱就有一切。二伯母在他背上击打一记,为他在祖宗面前讨饶,说:别看他活到这把年纪,终究还是个小辈,多多担待,多多担待!

大家按照辈分排好队,向每个坟头叩拜。先从曾祖父、曾祖母开始,然后是祖父、祖母,再后是大伯父、大伯母、二伯父、三伯父、三伯母、父亲,时间宽裕的话,连同祖父那些兄弟的坟前也一并上了香,焚烧纸锭,祭拜一番。因为亲人们离去日久,很多往事也在人们的记忆里淡去,所以这样的祭扫就没有什么悲切的情怀。母亲和二伯母已然年老,看到这些层层叠叠的坟头和石头门牌上刻着的名字,还有一点感怀,有时或许会闪出畏惧死亡的念头。

纸锭焚烧的青烟一起,就围过来几拨"说好话"的村民,大家有点推攘争夺,意志不坚定的只好转身去寻别处生意,留下的几个可能都是同村的熟人,最后她们决定排出先后,带着说唱的调子开始说起来:"扫墓山,子孙个个大学生;扫墓前,子孙个个赚大钱;扫墓旁,子孙个个都做官;扫墓后,子孙个个住高楼……"这个刚说完,下一个就开始唱,用的是锡剧曲调,唱词跟前面的差不多,大堂兄说:这都是一个师傅教出来的,听着倒像是在演《珍珠塔》。大家莞尔,纷纷掏出五块十块的钞票递过去,这时坟亲走上来驱赶,村民们便也互相嬉笑着奔散。正在哄闹之时,旁边树丛里又闪出一个村民,拎着扫帚、畚箕、蛇皮袋,两眼不眨盯住红光明灭的锡箔堆。坟亲大声训斥,老祖宗还没收到,必须要等纸锭烧尽,锡箔灰冷透之后才准扫。村民连声赔笑说:好的,好的,这个规矩我懂。年轻的小辈不明缘由,问扫锡箔灰派什么用场,坟亲说:卖给回收店里几十元一斤呢,一天扫下来可以赚好几百。小辈吐吐舌头:乖乖,收入比我都高。

祭扫告成,一行人往山脚下走,年轻的扶住年老的,玩手机的也暂时把手机插进包里,眼睛看着前路,大家纷纷放缓脚步。上海大堂兄走得热汗淋漓,脱掉外套兜在腰上,这身形跟当年大伯父竟像同一个模子里刻出来的,身板比例居然一点没走形,显然平日十分注重锻炼。母亲说:上海阿大哪里像七十岁的人,健硕得至少后生二十年。大堂兄说:主要是心态好,凡事想得开,这身体自然就好,阿拉唱段沪剧大家听听,免得两位婶婶厌气。于是就扯开嗓子一路唱起来,他唱的是:

春二三月草青青,

百花开放鸟齐鸣,

蝴蝶高飞成双对,

蜜蜂成群采花芯。

今年逢着交春早,

塘里芦芽叶放青,

豌豆花开九莲灯,

菜花落地像黄金,

萝卜花开白似银,

蚕豆花开黑良心,

好比我岳父金学文……

堂兄弟们都齐声叫好,小辈们都笑,走走停停,站在冈上往下看,这戏里唱的果然都在眼前。远处很多扫墓人,都朝这里转过脸来,也在笑。

扫墓后回城,所有人到家骝房地产公司餐厅吃饭。宽坐坐正好两桌人,说是公司餐厅,其实经常招待贵宾,不比外面的五星级酒店逊色。大堂兄说:随便吃点就好啦,弄得太讲究了。家骝跟他开玩笑,说:上海亲眷下来,不好太简单的,生了气,下次要不上门的。大堂兄就笑。不过饭没吃多久,大堂兄说:两位长辈走半天路累了,早点吃完好送婶婶回去睡会儿午觉。大家以为他急着赶火车回去,也都抓紧吃主食,站起身散了。家骝吩咐厨房把没来得及上的几个海鲜打包,分给大家带回去,一只清蒸大澳龙分装在三个盒子里,特意留给大堂兄。母亲对大堂兄说:有空要经常下来走动,一笔写不出两个"秦"字,亲戚间的情意只要多走动走动就厚了。大堂兄说:一定一定,动车过来不到一个钟头,一个瞌冲就到站。

大堂兄跟家骝说,有点事想同他单独聊聊。家骝于是带他上楼,去十六层会客厅喝茶。冰箱里拿出明前太湖翠竹,烧白沙泉水冲泡,嫩绿茶芽在玻璃杯里根根竖起,开始聚于水面,慢慢一根一根往下插,家骝请大堂兄品一品新茶,此茶品质绝对不比狮峰龙井、洞庭碧螺春逊色。大堂兄斜着杯子连吹两口茶叶,水珠溅起,还是烫着了嘴唇。家骝心中有数,不主动说话,等大堂兄先开口。

大堂兄屏不住了,从这几十年家里说起,父母偏心小的,兄弟三个反目,到他自己这一房,儿女没有出息,简直是一代不如一代。讲到再下面的一代,就是他的孙子,看看还比较争气,希望都寄托在他的身上。眼下大学即将毕业,总之,是要在上海工作成家的,可是房子还没着落。要说起上海的房价,家骝是业内人士,比他这个上海人还要门清,高的豪宅不去说它,就是商品房好的要十几万一平方米,再退到闹市区以外,最少也要三四万一平方米。一个上海小囡,婚房至少要七八十平方米才够,这么一算就是两三百万成本。怎么办呢,争天夺地,不都是为了他们？两代人的付出,买不到这么一套房子,于是就只有另找活路。说到活路,每家都有不同的活法,大堂兄找到了一点家私,说清楚了,不是秦家的家私,可能是母亲面上来的,又或许出自他母亲的母亲。听闻小堂弟是收藏大家,所以,就想起先送过来请你鉴赏鉴赏。

　　大堂兄说完,已经沉不住气,从挎包里掏出一个布包,难怪他这大半天总是包不离身,藏着重宝呢。家骝瞥一眼蓝布包袱,心头一阵难过,想到了祖母,又想到虞老师,那时自己多年轻,十几岁,奔着要当"文物专家"的理想,上下求索,充满活力。当时并不觉得,现在想想,那时的年月,真是一生中最为美好的日子,怎么一晃眼,半个世纪就过去了呢。大堂兄打开布包,里面是十几件玉器。有些事情,家骝本来不想点破,不为己甚,给人留情面留后路,是早已养成的处世原则。可是大堂兄自作聪明,耍小心眼儿,藏下十件玉器。现在,这种品位的玉器在家骝眼中,没有多少吸引力,更不是必得之物,只是因为出自祖母的遗赠,上面有祖母和虞老师的手泽,他才必须收回来。家骝要的是一个完整的记忆,现在物品残缺了,就不成个记忆——这点大堂兄不知道,他大概也不会懂的。

　　看家骝沉吟,大堂兄开始诉说东西的流传脉络、品质可靠,以及充满增值空间的市场前景等等。家骝给他续水,很含蓄地点了他一句:另外还有十件玉器,难道不在大哥的手上？

大堂兄愣了好一会儿,装傻反问:哪里还有玉器,全在这里。

家骝笑了,说:大哥,我做事历来很简单,这包玉器应该是二十几件,我件件报得出名称。我不管东西的来源,东西在你手,就是你的,我没二话。这包玉器在我现在的藏品当中,绝对排不进前三百名,所以我多一件不多,少一件不少。但是因为这包玉器跟我有缘,只要完整都在,我可以收下。买,既是你大哥开了口,我总要给面子,也是圆我自己一个少年时期的梦,把家族的一份记忆完整传承下去。

大堂兄此时脸色有点微红,赔着笑说:刚才戏言,确实是还有十件,我带在包里的。他老老实实装憨厚,就把刚才的尴尬一笔勾销了,也是个厉害的角色。家骝从接到他要来扫墓的电话,就知道他必定有事。刚才吃饭,大堂兄端起酒杯抿上一口的神情,就可知是个贪杯好酒之人,可他面对佳肴美酒坐立不宁,频频提出尽早结束家宴,家骝就知道一定是有事相求。家骝以为是上门借钱,心里早就做好准备,冷落了多少年的亲戚上一趟门不容易,开一次口更是不容易,几十万总要给他解决。等他拿出布包,就知道所需金额一定不小,恐怕不是几十万能够过门,好在他还有点做人的准则,毕竟是拿东西出来交换,还没有到空口说白话,开口说借,一借不还的地步。刚才他也说到,买房子需要两三百万之多,家骝知道,必须先小人后君子,这个人情才做得成。跟精明过头、患得患失的人打交道,你要滥忠厚做烂好人,最后帮了人家反而得罪人,亲家结不成还要结仇家。这是他多年阅历总结出的处世经验,人性雷同,屡试不爽。

大哥,你在上海这样的国际大都市住着,自然不会不拿到市场里,请老法师们估估价,摸摸行情。这二十几件玉器按照目前在国内市场的行情,一般店家可以卖个七八十万,但是如果说到现金收购,人家最多能够出的价,估计在四十万,肯定超不过五十万。家骝变被动为主动,先声夺人,先把他的心气压一压。

大堂兄脸色一僵,不敢说话了。对面的小阿弟有几斤几两他摸不准,掂不出,知道碰上了老克拉,远远比自己要老辣。他在高处看你,你却看不清楚他。你跟他老腔老调唬弄吓试是不管用了,心里便开始慌张,开始计算,可是算盘开始打不清爽,全乱了——他本来想拿出十几件玉器,开口两百万,谈不拢再加上另外十件。可眼下,另外十件被逼得先现了身,他还没机会开出价。没容他说话,家骝就报出了市场里的实价,要死了,怎么玩? 现在这个局面,他就是要一百万,也显得过分了。一百万,可是他此行的底线。

大堂兄支吾着要家骝给个价,家骝不会先报价,说:货主报价,买家砍价是天经地义,哪能买家自说自话? 我若按照市场价报了五十万,大哥不是要不开心吗? 这话狠了,把大堂兄逼到了墙角里。他有的是耐心,等大堂兄亲口报出心理价位来。

大堂兄弱弱地道:我是诚心诚意来,也确实碰上了难处,这心里的苦只有自家清楚。说半句就有点说不下去,两只眼睛水漉漉看着对方,带着乞求谅情的神色。家骝见不得别人愁苦,紧绷的心一软,接口道:咱们这说穿了也不是商场上一刀一枪做生意,所以请大哥开个价,我肯定会考虑彼此的关系,我们之间毕竟有一层血脉渊源,这是说什么也否认不了的事实。一家门里的事情,万事好商量。

大堂兄听他讲得动情,脸色开始活络,也诚恳起来:我是十十足足缺一百万现金, 也是走投无路才想请堂弟你帮忙。如果你手头不宽裕,也不要为难,八十万也行! 看得出,大堂兄是下了最后的决心。

家骝点点头,说:好,今天谢谢大哥帮我圆了一个梦。这些玉器我留下,实付现金,一百万。大堂兄愣了一下,他心里是准备他说八十万,这下大喜过望了,连声感谢家骝,端起茶杯咕嘟咕嘟一饮而尽,赞道:果然是满口留香,好茶,好茶!

家骝站起来,拨通内线电话给财务,命人给大堂兄银行卡上转款。大堂兄站在边上涨红了脸,紧张得直搓手,这是他这辈子里最成功的一笔交易。尽管好事多磨,总算是成了,这一趟总算是没白跑。

大堂兄看家骝对着电话里吩咐:给这张卡上转一百二十万,对人民币。

家骝说:大哥,另外二十万,算是我们老家这几房提前给你孙子的结婚贺礼,以后我们到上海来吃喜酒,就不再另外送人情了！

二十四

临近年底的时候,古玩市场里爆出一桩奇闻,据说一个六十多岁的店老板企图强奸年轻女店员,被抓了现行,已经让警察铐走了。家骝听说,事主居然是"三块"。

这些年,家骝从朋友那里听到不少关于"三块"的异闻,十桩倒有九桩跟女人有关,市场里再也没有那个频频捡漏、走道也能踢出金元宝的"三块"了。要说也难怪,这几年古玩涨疯了,其实也不仅仅是这个行业,百行百业都迅猛发展,这势头生猛而躁动,远远超越人们以往的任何历史经验。只要够胆大,似乎你就能成功,越胆大越成功。很多人真的是轻而易举日进斗金,在无形之中心态就愈加轻浮狂躁,他们觉得这就是社会的常态,日子会永远如此激荡与浮夸。但是,古玩市场被迅速推到高位的同时,其实危机早已孕育成形:市场越来越成熟,造假也越来越专业化,很多人的水平与观念却还停留在二十世纪的基准上,日益显示出被动与笨拙,他们被淘汰出局的命运早已彰显无遗。他们更不容易看清楚,古玩市场其实早已完成细分,处于高位的资本运作和处于低端的价格竞争将同时展开,时代的发展没有给他们留下生存空间。

尚有清醒认识的,看着物质世界和网络环境里锤炼出来的新一代,尤其当目睹了资本的力量排山倒海无坚不摧,只能在心底里发出哀叹:我们是老了,这个世界再也不属于我们了!

家骝托自己公司的律师帮助打听"三块"的案情,律师说:有眉目了,可能是入了别人的套,中了"仙人跳",他又不肯私了,就闹到公安局去了。进了局子他头脑倒清醒得快,答应和解,可能关几天就会放出来。家骝听听有惊无险,就放心了,说:年三夜四的,这"三块"也不消停,闹了这一出,希望他买点教训。

腊月十八掸檐尘,家骝这一辈的几个堂兄弟姐妹都在老宅吃饭。南南特意跑过来对她爸爸说:今年春节外公九十整寿,可不许再借故推脱逃避啦,安徽一大家子人,都盼着爸爸接见呢,别再让我妈为难啊。女儿也人到中年,半生无忧无虑又保养得好,由内而外,都还像个小女孩似的天真烂漫。家骝说:你妈这几年性子全变了,这事要在从前,她老早一个电话过来了,现在居然也会派遣传令官,做事情学得转弯抹角起来。南南说:这倒是,自从信佛以后,我妈整个人都脱胎换骨,凡事看得开,讲起话来书卷腾腾。只是拜寿这事,要求爸爸陪她回安徽去一趟,外公几次问你怎么总不见回去,她都要费很大劲才能圆过去。家骝说:好吧,到日子我派车去接你妈,一起去。

当年离婚时候有君子约定,岳父有生之年,离婚这事在小兰娘家不公开,那边婚丧嫁娶家骝仍得出面。这些年小兰经常回去,她自己不敢开长途,总是一个电话给家骝,让他的司机开车接送,电话里最后的一句一定是:这次你一起去?开始家骝就会很慌乱地找各种理由推脱,而小兰则也没有死盯着不放的意思,必是紧跟着来一句:那还是我一个人吧。后来似乎形成惯例,家骝也不用再找什么说辞,只要在电话那头稍作迟疑,小兰就放他过门了。这些年,只有到无法推脱的当口,他才陪小兰回去过几趟,也是匆匆去匆匆回。

小年夜那天,"三块"给家骝打电话,说自己出来了,感谢他多方周旋,帮助他脱困,并问家骝新年里哪天方便,他要来拜年,同时带件宝贝给他瞧瞧。"三块"说:这叫作趁汤下面,一鸡两吃。家骝知道摔过这个跟斗总得掉一层皮,花钱消灾是难免的,看来又是手头紧了,问道:这次打算给我看啥宝贝呢?"三块"说:多年之前从东城一个老户家里铲出来的宝物,一直也没舍得拿出来,肯定是稀罕货,至于是什么,到时候给你看不就全知道了嘛。家骝见他卖关子便不再追问,算了一下日子,说:年前是肯定没时间,初一去安徽吃酒,初二商会团拜,初三之后应该有空,到时候再约。"三块"回答:好嘞。

正月里,到了日子,劳斯莱斯幻影在小兰楼下一停,天还没亮。家骝制止司机小徐打电话,亲自拨通小兰的手机。手机响了几声,嘀的挂断,没几分钟,穿着呢料大衣的身影出现在楼道门口。家骝下车拉开副驾车门,小兰笑笑,坐了进去。除非自己开车,小兰只有在副驾位置才不会晕车,所以她自己也开玩笑说自己是贱命。家骟今天坐在驾驶座后面位置,这样跟小兰斜对,讲话方便。家骟问小兰:今天怎么不打扮一下?你有好几身皮草,都很适合祝寿场合。小兰说:信佛之后对一切都不讲究了,这皮草带血,尤其不穿。小兰叫小徐把音乐关一下,她要念经,小徐就把音乐关闭。这时,南南的电话过来了,说他们也发车了,先生开车,和儿子一起,朝淮北出发。

　　车从小区缓缓驶出,兜上内环线,城市里很多楼房还在脚下沉睡,转到外环线,不经意之间车速提升,车中还是那样安静平稳。家骟问:你不念经吗,怎么还不开始?小兰说:一直在念,不一定要动嘴啊。家骟就不好再说话了,从腰里解下一只玉兔,在手里盘,闭目养神。车上了高速,速度就上来了,不断把其他车辆甩到后面去。小徐是武警退役,车技一流。他说过,主要是车好,技术才能发挥出来,现在是限速,这样的车开到两百码那是正好。这车有一个好处,车顶定制一套星光顶饰,这种时候行车如同置身璀璨星空之下,小兰第一次乘这辆车回去之后,曾特意给他打个电话,说:这个氛围真好,仿佛回到四十年之前的村子里。四十年之前的村子,当时把家骟吓了一跳。

　　一个半小时,车子从南京大桥过了江,家骟看还要两个多小时才能下高速,准备打个盹儿。可是闭上眼睛,脑子却分外活跃起来,他想到了插队下乡的开端,下了火车,又上了船,下了船,又是一眼望不到头的泥泞路,冬季的田野那么荒凉,走半天路才听得见一阵狗叫,他的心越走越没底。他从来没有想到过,怎么会有这样的农村。好不容易到了村上,没有欢迎仪式,没有一点特殊的动静,第二天就在队长的哨子声中开始出工。三天之前都还在城市里彷徨,而现在的他们已经没有彷徨的可能,那副挑不起的沉重扁担、那只永远盛不满的粗瓷大碗、那不知道怎么才能跨上去的茅厕、少年肿胀的肩膀、酸痛的腰板、咕咕叫着的肚子成为铁一样的事实压下来。直到若干年之后,在他的印象里,农村的一切,除了冷,就是湿。田埂是湿的,被窝是湿的,柴火是湿的,穿了一冬的棉袄永远是湿的。灶是冷的,锅里的吃食是冷的,整个屋子是冷的,手脚也永远是冰冷的。每天汗水和青春的油腻在人身上结壳,层层叠叠堆积,棉袄上有一层壳,肌肤上还有一层。朦胧之间,他似乎又想到那年他带着小兰母子回来探亲,牛车、旅行包、班船、旅馆、火车站……

车在高速上飞驰,像一道黑光。此时,薄雾散去,太阳开始升起,从后面追逐车影。行驶在淮北大地上,高速沿线,断断续续高低错落的楼房,进入眼帘。家骝产生了一个很奇怪的念头,当年那么荒凉和绝望的农村大地,他不适应,可面对今天这样迅速改观的农村,自己怎么仍然不适应呢。社会天翻地覆变化,一切快得让人措手不及,尤其是这样同质化的变异,地域跟地域之间的差异已经发生质变,现在地区之间的差异再也不是文化和地貌上的不同,而只存在于贫富之间的差异,他们把这个叫作:发达与欠发达。所有的标准都融合了,融合成为一条铁律:财富。同样的高楼大厦,长时间观看,很容易形成视觉疲劳。

　　下了高速,连转几个弯,开上省道继续前行,太阳已经走得很高,好像永远迎面而来。现在的省道居然也是双向八车道,新春期间,少车上路,显得更加空旷,似乎还在高速上行进。走了半个小时,田畴渐多,看见成块麦苗。车转向一条窄窄的笔直水泥村道,如在青色水彩画上划船,麦浪如潮,行过两座小桥,远远看见村庄。河塘的对面一户人家,三层独栋楼房,铺着琉璃瓦,贴着外墙砖,挂着红灯笼,支起了喜棚,岳父家到了。大概望见劳斯莱斯宽方折角的车头驶过来,门口的人乒乒乓乓开始放炮仗,车门打开,小兰拉着家骝进屋给她爹拜寿。老寿星今天穿了一身羽绒大衣,头上戴只貂皮帽子,还像当年当大队书记时候一样威风凛凛,不过这身装扮更像电影里的"座山雕"。衣服鞋袜是小兰前几个月就寄家来的,貂皮帽子是大儿媳孝敬的。看到姑爷进门,老人家方觉得一切圆满,春风满面,拉着他谈论国家大事、改革新貌。家骝说:爹爹一点也没落后。老人说:天天坚持看《人民日报》哩。家骝想到村上转转,老岳父拉住他拉呱不肯松手,几个舅子说:没啥好看,当年的痕迹找不到一点踪影哩。岳父说:今天就住下吧,家里要是住不惯,就城里宾馆开个房间。家骝道:不成啊,晚上还有个应酬,市长约好的,不敢不去哩。反正现在交通也方便,等公司的业务放手了,倒是可以经常过来看您老人家。

　　小兰出去给各家各户派发红包,每位来家贺寿的亲朋也人手一份,这些都是早就在家预备下的,打的都是姑爷家骝的旗号。这些年,每次回来都是这个惯例,村上家家都对老支书、对他哥弟、对家骝感激不尽。没一会儿,南南一家也到了,南南和丈夫帮着她妈张罗,儿子一进门就跪下给太外公磕头,老头儿开心得发颤,摸出两个最大的红包塞给孩子。小兰嫂子和弟妹带她看买下的酒烟和备下的席面,都是按她吩咐,买最好的。酒席除了本地人常见的鸡鸭河鲜,还特意从南通吕四港发过来海鲜,带着冰块和泡沫盒包装,件件新鲜。

　　贺客亲朋越聚越多,村上人也开始来家,老寿星说:姑爷到了,时间不早,咱们落座开席。于是人们纷纷挤进喜棚,大舅子把家骝安排在寿星右首,左首留给现任村支书。家骝哪肯坐下,说:该让长辈们坐。老寿星说:姑爷远来是客,你坐,你坐。家骝只好坐下。小兰被她哥安排在同一桌,位子排到她大嫂上面去了。这时村支书一路小跑踮进来,连喘带打招呼,说今天村上几个老者办寿,他是先过去贺喜一番再赶回来,一定要在这里陪老支书和家骝哥吃酒。支书给老寿星打完拱,跑到家骝身边,说:家骝哥还记得吗,那年你来咱村插队,是我领着你去的队部,我就是狗剩啊!家骝看支书年纪,他来插队的时候可能才十来岁,他离开回城的时候也应该不到二十岁,实在是记不得这些事,但还是做恍然大悟状,说:啊呀支书,你现在也是个中年人哩,等会儿要多敬你几杯。

这时,整箱名酒打开,白酒滚滚倾倒进酒杯,好烟点上,十二个冷菜早就预先摆在桌上,大家先吃起来。老寿星说:姑爷,今天你得喝白酒,当年都是小兰帮你挡着,今天高兴,你得陪咱喝点硬货。家骠这些年应酬也多,酒量早就锻炼出来了,二话不说就倒满一杯。小兰看了露出笑容。大家都喊好,一起站起来敬寿星,第一杯,都干了。老寿星说:咱们这块要说也是酒乡,以前家家酿酒,县县有酒厂,现年这生意都被洋河一家做了。要说做生意,还是你们江苏人,以前几块钱一瓶的酒,除了咱们这一带,没人喝,太便宜,掉身价。现在改个名字,几百块,乖乖,全国人民抢着喝,跟茅台、五粮液一个档次去了,你说怪不怪。家骠笑着道:我们江苏人民还是讲货真价实的,好酒不嫌贵! 大家都哄笑起来,说:对,好酒不嫌贵,喝!

厨灶上大师傅出来问大舅子,是否开始起菜,大舅子说:起。

几个舅子一起过来,敬完他爹,就围住家骠,说:当年跟小兰成婚时候,小兰要我们保护姑爷,我们非但没有灌过你,还帮着你挡了不少酒,今天可都要还回来。家骠站起来,说:酒乡的人,哪个怕哪个,喝。小兰看今天的酒一开始就喝得猛了,上去拦一把,说:家骠酒量一般,还是总量控制,总量控制。小舅子就笑他的姐,说:姐,你跟姐夫也是老夫老妻了,还

170   凡尘磨镜录

像十九岁那时候一样心疼姐夫,今天是爹的好日子,都要放开喝,不醉不欢。大家都取笑小兰疼丈夫,小兰倒怪不好意思。老寿星看孩子们高兴,觉得很痛快,说:我年轻那会儿,两斤烧酒喝完还能下河摸鱼,这才喝到哪儿啊,今天高兴,让姑爷要喝好。于是,村支书和村上人都纷纷上来敬家骝和小兰,家骝觉得,今天这酒,可真甜。

岳父今天喝了点酒,兴头更足,对家骝说:那年你们这批知青到村上,小兰一眼就相中了你,说文质彬彬,白面书生。我总说南蛮子不可靠,何况人家都是些城里人哩,虚头巴脑的,哪像我们乡下人实诚。可是她不干,躲在房里三天不出来,跟我硬耗。后来是她娘拧不过,说,就答应孩子吧,别弄出啥事来。我才只好来找你,跟你提亲事。后来你要考大学,要回城,我怕你会变心,也都拦下了。最后是你父母过来,才同意你们一起走。其实这么多年,我是一直都担着心哩,怕你俩会出事,小兰怎么说都是一个安徽的农村人,到了城里没有依傍的呀。可好,这么多年,你们恩恩爱爱的,女婿都有了,外孙也有了。小兰每次回来都大包小包,她哥家、她弟家,一家都不缺,这全村上下,家家派红包,现在村上的小孩就盼着他小兰阿婆回来啊,都像过年似的。所以说,要论眼光,我闺女可比我强一百倍哩。岳父说:姑爷,今天我要单独敬你一杯酒,咱也谢谢你,这么多年照顾着小兰!望着老人的脸,家骝一时语塞,想推辞,被岳父一把按住,给他也满上了。他转头看小兰,小兰看着他,也一脸无奈。家骢端起酒杯,说:祝爹爹万寿无疆!一仰头,干了个底朝天。喜棚里响起一阵喝彩声。

这些年,他虽然也应酬,却自制力很强,从来没有在酒桌上失态过。有时候,为了摆平一些事,只好培养公关部的美女战队,替他冲锋陷阵。今天,家骢觉得这酒真是个好东西,到了一定量,它会帮助你忘记很多东西,甚至把很多痛苦的东西过滤掉,就剩下那些快乐的事情。他似乎听见小兰在边上说:可不能喝了,可不能喝了。小兰,你可真是不了解我,我明明能喝,咱爹敬我的酒,能不喝吗?放心,我没醉,高兴!

岳父拍拍他的肩膀,他抬起头,听见岳父在说:保证书……没用了……今天,烧掉……接着,他望见岳父的手上闪出一团火光,小兰还在对面,她也在看那团火焰,他的耳朵里只听见一片嗡嗡的喝彩声,他知道那喝彩声是给他的,也是给小兰的,再后来,便什么也听不清了。

但是家骢的心里是清楚的,岳父把当年那张"永不离婚"的保证书烧掉了。他在心里面想:我真的离婚了吗?我还是个人吗?好像没有啊,我这不刚跟小兰成的亲吗……

二十五

家骢浑身酸胀,动弹不得。睁开眼睛,很奇怪,这是什么时候了？怎么明明天都亮了,却又好像没亮透。他有点恍惚:这感觉只有在插队时,听见队长的哨子声那会儿才有,就是住在茅草屋中的那种湿、那种冷、那种绝望……难道,自己还在淮北农村插队,后来的一切都是大梦一场吗?想到插队,家骝浑身一激灵,立时一阵颤抖。

他耳边响起一声惊叫:醒了,醒了,快叫医生!

接着,家骝闻到了一阵浓烈的消毒水味道。紧接着,眼前浮动一片黑压压的人影,一个冰冷的东西在他胸口游动,有人在下指令:眼皮往上翻,再用一点力,往上翻。一只手轻轻在拍他的额头,他才知道这指令是向他下达的,便使劲睁开眼睛,他看到了跟刚才一样的一片灰暗。可是他发现,自己的手脚却能够动起来了,身体也可以动弹,但是全身散了架似的无力,吃醉了酒一样。家骝用尽全身的力气,想伸展一下手脚,它们传来阵阵酸痛,连试了几次,都没能成功。他听到四周很吵,吵得人很心烦,一阵睡意袭上心头,他侧转头让自己继续睡过去。

家骝再次醒来的时候,已经是十几个小时之后,这次他的记忆很清晰,他记得刚才自己是嫌烦睡着了。迟婕来了,说:你终于是醒了,这都昏迷半个月了,昨天清醒过一阵随即又陷入昏迷状态,可吓死人了。家骝便使劲往前追忆,想到一路往淮北去,想到喝酒,想到岳父把保证书烧了,再往下就没有了,直接到了此刻,他的妻子在床前哭泣。家骝问到底出了什么事,怎么会在这里。迟婕说:你们回来路上发生了交通事故,车翻了,小兰死了,小徐双腿骨折。你,昏迷不醒,可怪异的是,全身上下没有一点伤痕,人却失去知觉,在监护室昏迷已经整整十五天。你要是再不醒,就要转神经科去做长期观察了……

下午几个科室的医生来会诊,手忙脚乱好一阵。后来主治医生进来对他讲:秦总,你这个状况很奇怪,全身检查了几遍,应该没有任何病理问题,也就是说,从理论上讲没有任何病症。现在唯一能够确定的是,视力出了问题,但这一点在神经科的检查中也没有发现任何发病机理。可能是神经受了刺激,也可能是脑部震荡所致,从医生的角度讲,你除了眼睛看不清楚东西,应该是一个健康人。可以再留院观察一阵,如果没有其他状况的话就可以办理出院。

晚上南南来了,才说清楚当天的情况。那天家骝喝得烂醉如泥,本来小兰要在家里住几天再走,看他醉成那样,就谢绝了她爹爹和哥弟的挽留,陪着护送他回来。那天家骝说晚上还有个要紧的应酬,吃完酒便直接启程,跟南南家那辆车一前一后出的村,上了高速,车距逐渐拉开,家骝那辆开过常州,发生了事故。事故论定是为了闪避其他车辆致使侧翻,车冲出了隔离栏,滚下堤坡,小兰当场死亡。

家骝愣了很长时间,问:妈妈的后事办了? 女儿说:办了,骨灰现在暂时保存在殡仪馆的寄存处。几个舅舅都知道了情况,赶过来送了最后一程,只是瞒着外公。家骝问:妈妈伤在哪里? 女儿哭着说:最后殡仪馆没办法化妆,是用一张放大的照片,覆盖在了头部。家骝听见,眼泪止不住往下流,再也说不出话来。

父女两人商量了半宿,没办法确定小兰应该落葬在哪里。女儿说:反正总要入土为安,墓园选最高档的,买面积大、风景美的位置,一切制作豪华气派,保证让妈妈开心。家骝说:我们这一代人的想法始终跟你们是不一样的啊,这根本不是什么档次豪华的问题。再说妈妈信佛以后,就力戒奢靡,豪华墓园恐怕并非是她的本愿。按照小兰生前的本心,她或许愿意回到淮北村上,那里有她的父母兄弟,那里是她的根,那里存着她的梦、她的魂、她的青春,她在那里会很温暖。可是,让她一块碑一个人吗? 让她永远单身孤零零的吗? 家骝想,还是葬在祖坟吧,日后合在一起,名字是必须刻在一块石头上的。自己父母日后合葬在一起,女儿当然是赞成的,只是有点担心,这样安排,迟婕会不会有想法? 家骝说:有想法也就让她有想法吧,在这个城市里,你妈妈除了我陪她,还有哪个陪她? 家骝叫女儿亲自下乡跑一趟,去找坟亲,看怎么落葬。

女儿第二天向单位专门请了假,跑了趟坟亲家里,却回来向父亲报告说:这事肯定是办不成了。自从建森林公园,老坟统一整治之后,再也不准新坟入葬,现在的政策叫作只出不进。只有一种情况可以例外,就像爷爷入葬在那里,留有半幅空穴的话,将来奶奶的骨灰盒可以送过去合葬。政策是一刀切的,乡镇政府和民政部门执行很严格,没有通融的余地。家骝听了,倒愣在那里,一时有点不知所措。他忽然想到,如此说来,自己日后不是也葬不进祖坟了吗?祖母、父母将来都在那里,那自己去哪里呢?家骝又想到了他们这一辈的兄弟,他想:我们这一辈人,就此成了没有着落的人了?

两人又在那里想何去何从。女儿建议:要不去湖景公墓买块大点的墓地,将来父母加上迟婕都在那里,自己一家和弟弟一家将来也跟着父母,亲人们在一起,那不就热闹了吗。家骝说:傻话,你是嫁出去的人,女婿那边也有父母,他是独生子,哪有陪岳父母的道理。他的父母将来不要冷清啊?说到了亲人在一起,家骝想起了哥哥,说:你伯伯只有一个女儿,要不我拉上他将来做个伴?墓地我来买好了,紧挨着,将来亲人在一起,不孤单。女儿看父亲精神有点振奋起来,很高兴,说:这是一个好主意。

家骝打电话给哥哥,问他有没考虑百年之后的安排。哥哥在电话那头倒笑起来了,说:经过这次劫难,怎么想起后事来了,你身体杀气腾腾,还早呢。家骝说:不是早和晚的事,这事早晚得遇着,现在祖坟不让进了,我们难道各自找个土坑把盒子埋了就算完?哥哥说:要盒子干吗,我跟你嫂子早就立过遗嘱了,将来我们的骨灰都撒向大海,不给小辈增加经济负担,也不挤占活人的土地资源嘛。最后他还跟家骝开玩笑,说:省一点土地,给你们开发房地产。家骝对这对画家夫妻一点办法也没有,唯有苦笑。

家骝在医院里躺着,忽然听见"三块"说话,家骝想起年前跟他约好的,原本初三碰头,谁知道自己在医院里一躺就大半个月。迟婕在边上说:你昏迷的时候,"三块"来探望过好几次,今天总算能说上话了。

家骝问"三块",年前那个案子到底是怎么回事?因为迟婕在场,"三块"就扭扭捏捏不肯讲,迟婕见状就说去超市一趟,请"三块"陪家骝说说话,转身出去了。

这些年"蓉湖庄"的店员是年年换,而且越换越年轻,每换一个,"三块"都要脱层皮。不过"三块"想得开,快活铜钱快活用,赚得快来用得快,不花人民币,这些如花似玉的女孩凭什么对你千依百顺、千娇百媚,他还没有享受够,还有很多青春需要弥补呢! 这些年轻女孩,心气平的花个仨瓜俩枣就被他打发了,却也有心狠心凶的,让你沾点甜头,然后慢慢跟你算账。开一家店铺,怎么禁得起长年累月这样折腾呢,其实在前几年,"三块"就已经入不敷出,店铺的产权都已经转让给别人了,"蓉湖庄"撑着一个古玩店的排场,每年却要拖欠租金。最后遇到的这个,里外勾结让"三块"入了套,要逼他拿出一大笔钱私了,否则告他强奸,证据之类自然早就采集齐备的,一切天衣无缝。一笔巨款,"三块"哪里有呢? 只好硬着头皮出了丑,闹到公安机关,幸亏政府明察秋毫,也亏得家骝等朋友搭救,总算没有栽在里头。现在的"三块"一夜回到解放前,"蓉湖庄"关张大吉,他又重拾二十年前的老本行,"扛木头"加"铲地皮"呗。却不料世道早已轮替,市场沧桑巨变——现在的卖家不像卖家,未必真的开店坐堂;买家成了隐身人,根本不在市场里现身,买卖双方不见面就可以成交,就连收付款都不见现金,货品一打包,第二天就跨市跨省直奔外地去。这生意场如同隐蔽战线,又像是手机里的一款游戏,他却成了没头的苍蝇,走投无路,不知道该朝哪边飞了。

家骝苦笑一声,说:你说你是不是活该!"三块"知道家骝的脾气,嬉皮笑脸不接口。

家骝问:年前你说有稀罕货给我看,到底是什么压箱底的宝贝啊?"三块"有点迟疑,眼下家骝躺在病床上,自己怎么好意思再跟他做交易,再说他现在视力基本丧失,可又怎么看玉呢,便道:这个不急,等你身体恢复了,咱们日后再讲。

家骝反问他:你说我都这状况了,还能够恢复吗?"三块"本来还想再说几句好话宽慰一下他,被家骝摆手制止了。

家骝知道他急等钱用,估计这个年都未必过好,心想自己如果年前挤出点时间跟他碰了面,说不定还能救他的燃眉之急,万想不到后面会出这种事。家骝道:你我虽说只是生意上的伙伴,毕竟交往这么多年,彼此的秉性还不清楚吗?我们

178

之间不必拘泥于俗理。你把东西用嘴描述给我听,让我好过过瘾。

"三块"一阵窸窸窣窣,从包里取出个盒子,打开,说:这是一对玉别子,一只白玉,一只碧玉,两只款式一样,正面雕刻规矩夔龙拐子花纹,背面刻字。白玉刻的是"乾隆御赏:邹一桂菊花百种",碧玉刻的是"乾隆御笔:隆福寺行宫六景诗",都是用的隶书字体,字口涂泥金。

好,好好,这种玉别子是清宫造办处和织造衙门专门为书画手卷制作的别针,民间流传太少了。家骝听了激动,伸手让"三块"把玉别子放进手心里,左右手各一只。他闭起眼睛慢慢抚摸,又凑近鼻子闻了一会儿,说:尺寸厚薄、边沿切割、花纹字口的凹凸微妙变化,都符合宫廷的规制。盘玩一会儿就感觉玉器表面有涩手、沾手的感觉,这是百年以上古玉的包浆,闻起来犹有老木箱的陈旧气息,确实是上百年未接人气了。我虽然看不到它们的风采,但是用手摸一摸,用鼻子闻一闻,也能够有独特的艺术体验。这样的好东西,不要说拥有,就是能够看上一眼、摸上一摸也是需要缘分的,我真是好福气啊,谢谢你,"三块"。

看着家骝的眼睛,想起近二十年来的交往,"三块"心里莫名起了一阵感动,他不知道自己的嘴里怎么会蹦出这么一句话。这话在平日连他自己都会吓一跳,他说:这对玉别子,送给你!

家骝脸色愣了一下,他的眼睛朝"三块"看过来,脸上肌肤忽然一放松,露出笑容,说:好!好!谢谢你,"三块"。

"三块"临出门的时候,家骝忽然提高嗓音说:我眼睛虽然看不见了,但是我还有手,还有耳朵,还有鼻子,我还能够感受到万事万物的美,我真的很幸运。来这个人世间走一遭,我们都无法单独存在,我们需要友谊,需要信任!

"三块"走到医院楼下的时候,他的手机一阵振动,短信提醒他,银行卡上收到一笔款子。转账的留言是:谢谢你,老朋友,情意重于美玉!

留院观察了几天,家骝视力还是那样,身体没有异常,主治医生说:看来视力的问题短时期内也查不出原因,不如面对现实,先出院适应一段再说。

办理出院的前一晚,南南跑来病房告诉父亲,在整理母亲遗物的时候,发现了一张手写的"遗嘱"。家骝听了很惊讶,小兰身体一向很好,为什么忽然会写下遗嘱呢,是不是她事先有什么不祥的预感?南南说:说是遗嘱也没写明就是遗嘱,我在妈妈床头柜里找到一张纸片,上面没写别的,只是为自己去世之后骨灰的处置做了设想。妈妈的意思是,骨灰将来埋在开元寺的居士林里,牌位放在庙里供奉处,这样她就可以跳出六道以外,不再受轮回之苦了。

今年是小兰花甲之后的第一年。刚刚在人世走完一个甲子,第二轮开启,她就失去了继续走下去的耐心,转身离开

　　　　　　　　　　　　　　凡尘磨镜录

了,家骝突然感到了一种前所未有的强烈的无力感。他在心里想:在这个世界上,真的有轮回吗?

家骝想起那年虞师母对他说过的话,虞师母说:我想想,跟你老师两个也是相依为命流落到此地,你可知道我后半生最怕的是什么? 我倒不怕你老师不要我,因为社会环境变了,没这个可能,我是怕你老师出事,他如果出点事,就会丢下我一个人在此地,我能怎么办? 我理解小兰的心情,就是我长期担心的那种孤苦无依、举目无亲的苦。你不要以为给了她钱,她就能够消除这种恐惧,有一种人,她不是活在钱里的,而是活在情里的。哪怕不是男女之情,也要活在朋友之情、人伦之情里的,一旦脱离了这个情,她就失了魂。

虞师母还说:我们虽然是两辈人,但说穿了是同类人,都是传统社会里走出来的最后一代。

家骝想,我的这双眼睛,几十年来阅尽人间波折,虽说其间也曾遭遇坎坷,甚至生活的艰难一度让自己崩溃,以为前途已经无望。但是社会总是会发展,向着好的一面去探寻出路,就是这些从传统社会里走出来的最后一代,他们的心中永远不乏善意和坚忍,而后继的一代一代新人,也会再努力去修补去接续起传统。家骝觉得,我的这双眼睛,看到了时代最好的一段。我是幸运的。

二十六

陈耀祖应约来到湖熙庄园,揿响紫铜门上按钮,保姆把他领上二楼的书房,家骝已经在沙发里坐等了。

这间书房正对着蠡湖,两面墙是观景落地玻璃,湖面反光折射进室内,整个书房处在粼粼波光的闪烁之中,像座水晶宫。陈耀祖每次来,都要赞叹一遍这别墅的豪华和设计的独特,家骝闷声一笑,指指自己的眼睛,说道:现在这些对我都毫无意义了,你说是不是一个绝妙的讽刺?

陈耀祖问:眼睛还是老样子?家骝说:就那样吧,模模糊糊看得见人影,医生说至少可以维持现状,如果哪天出现奇迹,视力又回来也是说不准,总之,是看运气。他一笑,又说了句:后面的事跟医术无关,他们医生算不出来。

陈耀祖问:迟婕不在家吗?你这个家太大,大得都没有人气。家骝说:自从儿子去澳洲以后,她就解放了,前几天刚陪她妈去迪拜玩。走了也好,清静。

陈耀祖说:孩子这么小就出去,生活上能自理吗?在家可事事有人伺候。家骝说:我们差不多这个年纪不都插队下乡了?现在他们叫"洋插队",孩子的适应能力很强的,不用为他们担心。开销都由家里供养着,还怕他饿死?

陈耀祖说:也是,就是这些孩子从小出去了,将来还能适应国内的生活吗?家骝问:他们还会回来吗?我现在跟他的关系就是物质输送关系,有没有这个孩子,其实跟自己已没有什么切身的关联。现在的人伦亲情好像也都变了味,跟我们那个时候不同了,也不知道这个社会是怎么了,变得我都搞不明白。

陈耀祖咧嘴一笑,说:你那都是让钱闹的,弄得人跟人都变成了物质金钱关系,一切都物化了。没钱的人,就没这么多烦恼。家骝忽然一声大笑,回怼他:屁!你别骗我,没钱的人比我更烦恼。陈耀祖也哈哈大笑。

保姆端上茶,关门出去。家骝指指面前的茶几,上面摆放了一堆锦盒,他示意陈耀祖自己打开来看。里面是玉器,这些年家骝买到得意的藏品,有时会邀请陈耀祖过来一起欣赏,所以他见过部分东西。

陈耀祖打开一个盒子,里面除了玉器,还折叠着一张纸,展开来看,密密麻麻的字迹。接连打开几个盒子,均是如此。他明白了今天家骝叫他打开盒子,不会仅仅是看玉器那样简单,意思应该在这些纸上。陈耀祖掏出眼镜戴上,读上面的内容,上面除了记录购买玉器的信息,在拍卖行的著录、流传、价格,更多写的是该件玉器的工艺特征、同类器物的参照情况,还有是对于拍卖行断代的质疑和依据。有几件,甚至写了几页纸,有对器型历代流变的考证,有对于玉器后改、后修的辨析,有对不同朝代加工痕迹和加工工艺的探讨。如一件春秋玉璜,家骝就研究出是由西周玉瑗改制而来,在文字中提供了详细论述。有一件元代白玉螭龙炉顶,他发现有一处残损之后的改制,从修理的工艺痕迹和包浆状态判断出,该处改制应该在清代早中期。另有几件白玉抱球童子,造型相似,属于同题作品,一般鉴赏家都会判断是宋代标准式样,但是他论定制作年代却分别是宋代、明代、清中期和清晚期,如果不是几件玉器放在一起比较,从工艺痕迹上深入分析,根本无法辨别出其中微妙异同。

陈耀祖一连看了好几个盒子,看得心惊肉跳:他的鉴定不仅仅采取博物馆专业人员传统的标型学思路,注重器型、纹饰、用料等要素研究,更加上了工艺微观痕迹、器物包浆、坑口沁色等方面的系统研究;不仅对照世界各大博物馆的馆藏和顶级拍卖品资料,还结合宋元以来的历代文史笔记和清宫档案资料,可以说是结合了国内传统文物专业和欧美系统文物研究的综合方法,也打通了文物研究和古董玩赏之间的壁垒,既有理论高度又有实践高度。这样的学问需要有多年的案头理论修养,更需要有深入的实战经验,才能达到融会贯通,化深奥为平凡,于精微见博大,这是多么精湛高深的境界啊。陈耀祖心想,鉴定学问居然可以做到这种程度,真是闻所未闻。

他摘下眼镜,端详着家骝,不知道他今天什么意思。

家骝说:这些年一直有个夙愿,要撰写一本玉器鉴赏专著,我不想搞成藏品著录图册,现在这种书太多,多半是为了给自己的藏品做个背书,抢注一个身份证明,说穿了也就是一门生意经。我要做的是带有研究性质和实证性质的著作,要结合实物,以工艺痕迹研究、精确断代和辨伪为重点,图文并茂,将几十年的鉴定要义和赏析心得归纳总结出来,让这些经验流传下去,裨益后学。

陈耀祖说:你的心真大! 这是要做名山事业。

家骝说:为了这个理想,我准备了二十多年,特别最近十几年,世界各地奔波,可谓挥金如土,搜罗葳聚,又反复淘汰遴选,最后排定了三百零五件。这些年,我每买进一件,就反复做功课,研究实物,查找著录,考订资料,那些笺注你也看见了。

陈耀祖说:下的功夫确实大了。这样完成基础研究的藏品,你居然有三百之多?

家骝说:不止。我只是选定了三百零五件,实际做过功课的超过一千件。《诗》三百,这是夫子定的数字,我遵从前人的遗则而已。

家骝很遗憾,现在他的眼睛不行了,已经无法亲手完成这项工作。虽然自己做了不少前期基础性准备,但是真正要著述严谨规范,不留瑕疵,就必须要找一个责任心强、素养高的专业人士来接着操刀,才不至于浪费这一番苦心。家骝自然第一个就想起了陈耀祖。他现在可是经常上电视台做鉴宝节目的著名专家,顶着好几个专业机构的研究员、教授、委员头衔,见多识广,学风严谨,也称得上是学养深湛。

家骢说:你也退休了,精力还很旺盛,能不能帮我完成这个愿望?

陈耀祖说:你把基础研究都做到这个程度了,其实成书已经难度不大,我们之间这交情,说来也是责无旁贷。咱俩之间不说虚言,我唯一担心的只有一点,我不是玉器方面的专家,这么多年号称文物专家,实则涉足面太广,很多领域都是泛泛而论,很多著作也不过就是各种资料和观点的汇编,说穿了,从书本到书本而已,很少结合实物探讨实质性问题。而你的这部书,却是理论和实践并重,其中个体经验又是最为重要的部分。这一部分其实就是实证,是你的个性化体会和总结,我对古玉素无感性认知,只怕一些具体问题上把握不好。

家骢说:你我从穿开裆裤的时候就认识,当着你的面,我也不跟你客套,文字撰述成稿以后,可以让秘书念给我听,我来逐字逐句修改定稿。

陈耀祖说:那是最好,这样我就定心了。

陈耀祖说:撰写文字不仅需要把这些笺注纸全部带走,最好玉器也是要放在手头,这样才能对照实物和文字随时分析研究,撰写成稿。家骢说:那是自然,这三百多件玉器全部命人运到你那里,你慢慢搞吧。陈耀祖一听,直摇头,说:那不行,太贵重,这里面贵的数百万一件,便宜的也是上万,这么多宝贝放在我家里,我要吃不下睡不着,担心都担心死了。陈耀祖想了半天,说:要不这样,退休之后博物馆还在返聘我,给了我一间单独的办公室,要不把玉器都保存在博物馆库房里,我每天去办公室工作,这样万无一失,比较保险。家骝说:这些你去定夺,我都交给你了。陈耀祖说:那文字方面就没什么问题了,但是此书涉及的图片很多很杂,需要请专业摄影拍藏品图片,包括藏品的某些细节特写,要突出哪个部分,可以忽略哪些部分,这是很需要讲究点专业性的;还要准备对比研究所涉及的相关馆藏图片、拍卖图片等等,这个工程量可不得了。家骝说:这个你不用担心,所有前期费用我全部预支,外面需要的图片该买的买,该翻拍的翻拍,现在网络很发达,包括国外大博物馆的馆藏资料,只要有钱都不是问题。陈耀祖说:那就齐活了,没问题了。

家骝凑近陈耀祖,握住他的手说:耀祖,我们相交五十多年,有一件事万望你不要介意,也请你一定要答应我。这本书难度是不小的,工作量也很大,但是,不能以你我的名义署名,著者一定要写"虞焕章"三个字!另外,那件白玉鱼符要排在开卷首页,我会写一个专章以作纪念。

陈耀祖听他讲了半辈子"虞老师",自然明白这里面的原委:家骝,我还能不明白你的心思吗?你不说,我也会这样做的。

家骝说:你我两人,不仅是为了学问,还是为了我们半个世纪的友谊,在这本书上,也是要留下一笔的。我们就按照古人刻书的习惯,在虞老师名字的下方,用小一号的字码打上"参订者:陈耀祖、秦家骝"。

家骝拍了拍陈耀祖的手,把头往沙发后背上一靠,仰起脸说道:我总算是对得起老师了,我把这门学问传下去了。如果说真还有什么缺陷、遗憾、不足的话,留待后人接下去做吧。我们这一代人,也只能做到这个程度了。我们尽力了。

家骝说过几天就会安排人把玉器运到博物馆去,请陈耀祖事先跟馆里沟通好。陈耀祖忽然想起"文革"结束的时候,他父亲被抄家的物资被博物馆扣着不肯发还,对家骝开玩笑说:我们这些国有博物馆的库房,可是进去容易,出来难啊。

家骝朝他笑笑:我们乡前辈钱钟书说过,我姓了一辈子钱,难道还会迷信钱吗? 这么多年,过手了这么多好东西,我难道真的还会执着于这些皮相吗?

陈耀祖点点头,说:很多收藏家最后都是达到无物境界,将藏品捐献出来回归社会,这是至高的人生境界啦。对文物来说,也不失为一个好的归宿。家骝问:你说我的人生是不是一个俗套?

没等陈耀祖说话,家骝便自己回答:人生可不就是一个俗套嘛!

家骝原本一直认为,这批玉器应该留在流通市场里比较好,他想在晚年寻找一个有缘之人,传道以器,将器物连同鉴赏技术一起传承下去。可是遭遇变故之后,视力基本丧失,现在已经缺乏实现的条件。如果全部传给子女吧,他们又不懂,即使南南一辈子在博物馆当着所谓的"专家",又何曾真正理解古物、懂得古物呢。这些文物在他们的眼里只不过是一个价格的符号,早晚会散失出去,而且这种散失会让自己多年的努力变得毫无价值。哪怕在一两代人的手里侥幸不散,古物也将丧失其特殊的文化意义。与其如此,干脆就让它们躺在博物馆冰冷的库房里成为僵尸吧,至少还能够保持一个原始的收藏形态,留待日后有缘人重新去发现它们、发掘它们。家骊想,人这一辈子争天夺地,看着好像人定胜天,其乐无穷,实则每个人都只不过是时代大潮里的一粒沙、一滴水,被洪流裹挟着起落,根本没有抗拒的余地。自己所能做的,只是在这种潮涨潮退、身不由己之中保留一点本心而已,充其量只能算是自得其乐,这就是大时代里的小幸运吧。家骊在心里暗笑:别人都以为自己雷厉果敢,弄潮于时代,貌似占尽先机的样子,殊不知自己始终只是被时代推着在往前走,正好踩在节拍上而已。他想,我这个人生性安于现状、随遇而安,其实并没有什么开拓精神、创新意识,从来没有什么远大的目标,甚至也缺乏情趣,还比较刻板,连朋友都十分有限,从小到大也无非是个随大溜。也正是这种安于现状、随遇而安,牵引着自己走上了这条路,走到了如今的这一步,除了能够归结为命运之外,还能说些什么呢?

　　家骊说:图书出版之后,这批玉器你就替我捐了吧。

陈耀祖说:这部著作我敢预计,将来肯定是可以传世的。家骝鼻子里哼哼冷笑两声,嘲讽他痴心妄想,说:你也不看看现今是什么世道,他们哪个来管你这些东西包含了什么技术、美感之类呢,更不用说物品背后隐含的文化信息、历史信息、藏主所走过的心路历程,他们才不会去管这些! 他们才不会去关心什么学术含量、真实价值,世人的思维短平快,一切都直奔功利目的和现实主题——值多少钱? 他们有时也关心真伪这个话题,可他们不是要深究真伪本身,目的还是那个问题——到底值多少钱? 我做这个事情,并非为了取悦世人,只是给自己一个交代而已。家骝感叹:时代不同了!

陈耀祖觉得他讲得有点凝重,开玩笑说:今天你做出的安排,算是自己对一生收藏生涯的最后交代? 家骝惊呼起来:瞎说,我的后半生才刚刚开始! 这是我在亲手开启自己新的人生。

家骝心里想,哪怕相交半个多世纪,他终究还是不能够了解我! 世人总在怨恨人生苦短,可是,恰恰是时间赋予了人生意义。每个生命的时间有限,其意义浮泛,尽管浮泛甚至虚妄,总算是因此才有了一点奔头。每个活着的人,都是在和死亡战斗,或曰与时间抗衡,这就是欲望的原动力。设若将生命无限延长,一切都将变得无意义。时间赐予人的恩典,恰恰均附丽于蹂躏人类的残酷之中! 探讨人生的意义,其实都是在探讨人与时间的关系——你跟时间抗衡的唯一方法只有,活

凡尘磨镜录

在爱你的人心中。人们耗尽一生时光,其实都是在寻求这样的爱而已。可是这个世上,除了父母对子女的爱是无条件且永不休止的,还有其他的存在吗?夫妻之爱?子女的爱?好吧,也算,不过多变。父母之爱,他们往往比你走得更早;夫妻之爱,多见于反目,多数更轮为麻木;子女之爱,到他们懂得父母的心,时间早已不及,又或者他们又需分出更多的给予自己的子女,如此轮回不止。但是即便如此,在爱你的人消失殆尽之际,其实那一个你同时也已经不复存在。因此,不仅我们的肉体无法跟时间抗衡,就是精神世界也是一样脆弱不堪,难以久持。可是,人们不甘心,居然还会去想"三不朽",那同样是徒劳的!立德立功立言,鉴定其有无立住,是否不朽的前提是,你这个人必须先朽,否则无从鉴其真伪与成色。因此这些"不朽",与你本人是毫无关联的。当年裴焱之以俗世磨镜人自况,大概也是超脱于滚滚红尘之上的一种内心独白吧。家骝想,年过六旬,色近于盲,自己才真正懂得:时间真是伟大!世人要敬畏时间,更要感恩时间。而自己也比任何时刻,更能深切领会母爱的非凡。在有限的岁月之中,我们要好好爱自己身边的人啊。

　　陈耀祖准备离开的一刻,忽然想起进门时就闪过的一个疑问,墙上很多处原本都悬挂着欧式镜子,这些镜子跟窗外湖光交织成光影效果,应是别墅设计的特点之一。但是他今天迈进别墅,却发现所有镜子均被蒙上了布套,不由好奇:这算啥意思？家骝说：每次照见镜子里面自己的影子，就如同在同一个世界里发现了另一个自己，两个我无时无刻不在做着相同的事情，总有一种空空荡荡的声音时刻在提醒你——往前冲，往前冲！这种感觉会让人觉得特别疲累。自从套上镜子以后，这心里安定多了，从此只有内心里面住着的一个自我，而不再需要外在世界的那个自我了。这个时候，自我依然孤独，但是会变得单纯而强大。

二十七

家骝挽着母亲的手跨出地铁车厢，台阶带着他一步一步往上走，母亲说：当心脚下，最后一级。他的脚尖还是不小心踢了地面一下，人稍许往前倾一倾，在母亲的手臂上微一着力才站直身子。家骝感觉到阳光扑面而下，像经过漫长的分娩，从城市的产道里滑落出来，他使劲呼了一口气。

这对母子手挽着手慢慢向前走。他们穿过梅园的大门，转过一片梅林，已经过了花季，但还能闻得到一种幽深的香味，是从地底下那些掉落的梅花中间散发出来的，很倔强、很硬挺。再往前走，气味变了，是香火的气息，这种味道很稳定，几百上千年以来从来都是如此，不会因为岁月的变迁而改变。

开元寺的山门是常年关闭的，只能从侧门进去。走进门

192

之后左转,踏上回廊,就又转到山门的背后。穿过庭院,庭院里有风,从脚踝处掠过。家骝搀母亲迈过很高的门槛,这是一座无比巨大的殿堂,家骝听到自己的脚步声隔开很长时间才能传来回声。这自然是大雄宝殿了。三世佛高耸巍峨,琉璃灯长明不灭,两旁的十八罗汉做着各种表情,他们哪怕不出任何声音,家骝也能知道。三世佛后背,塑的是紫竹林内观音大士像,有善财和龙女伺立两厢。观音大士一袭白衣,站立鳌头,净瓶在手,杨柳枝洒下甘露,那是普惠众生的心。很多年之前家骝一直想不明白,既然前庭有了观音殿,为什么这里又会是观音呢?祖母那时说过,观音菩萨人缘好呀,救苦救难,人人求得着她。

到了这个年纪,家骝想想,祖母当年说的好像也不全对。在各种人生遭遇变幻之际,人们是会时常想到佛前来乞求,但是这种乞求到底是否符合佛教的本来精神呢?人们到底是信佛菩萨多一点,还是更倚仗自己的内心多一点呢?在现实里,中国人似乎更加相信一种叫作良心的宗教,一直以来他们都是靠良心获得自身的救赎,佛菩萨只是给良心在当监军,时时来提醒良心不要泯灭、不要变质。即便如此,人们还是需要寺庙的,它是现实世界不同阶梯之间的一个衔接或者休整,让犯了错的人可以反省洗刷,让过度的欲望得以将息,让不再坚固的善念获得修复,让灰心丧气的人重整旗鼓,然后,转头再回到万丈红尘世界里面去,好再接再厉往前走。所以,从这种传统社会里走出来的人韧性会强一点。

出了大殿，后面是讲堂、藏经阁，右面还有玉佛楼……偌大一个寺庙，今天怎么走得一个人也不剩，只有这对母子在这里面游走？家骝的心里，十分不解。

等转出来，退到大雄宝殿前，家骝站在汉白玉基座上，人显得高了，但却愈加渺小。前方是山门，韦陀拄着降魔杵正面对着他。左边是观音殿，右边是地藏殿，石板庭院，像一方池子，下午的阳光在他的面前打成一团金光。观音殿属于求子的人，地藏殿则为了安顿故去的人。望见地藏殿屋脊的轮廓线，他忽然想到多少年之前，祖母带领全家人在这里面为祖父做阴寿，追荐之时，全家把随身物件放置到佛台去上供，沾一沾功德。祖母帮他把脖颈上的玉扇坠取下来，放到盘子里。佛事完成以后，老和尚帮他戴上，说保佑他一生平安，无灾无难。此刻，这枚蚕豆大小的扇坠，还悬挂在自己的胸口，可是那些人，却早已不知了去向。这坠子雕刻的是一只花篮，里面盛满葳蕤的春兰，唯有玉雕的花，可以这样两三百年长开不败。这么多年，家骝深深明白，谁也活不过你自己手上的那块玉。六十多年的岁月，说长不长，说短也不短，多少人匆匆与你的生命相碰撞、交织、偏离，最后流星一般消失。而你在别人的生命旅程中，又是否留下过痕迹？人这一生，会说多少荒唐话、伤人话，做多少糊涂事、亏心事，甚至坏事、恶事，但是，不也一直在努力做着好事、善事吗？可是往往都是时间来不及了,当你有心有力的时候,很多的人早已不在,你再也无法为他们去做一点什么,好让他们安心,好让他们开心。家骝想,我真是好命,在我的一生中总是遇见好人。我来世间一趟,总是看到希望。

回去的时候,家骝提议乘公交汽车。母子两人便向公交站台走,太阳已经走到他们的西面,好在此刻进城的人不多了。等了二十来分钟,过来一部十分陈旧的汽车,发动机发着哐哐的噪响,他同母亲搀着手登上车去。两人并排坐在第一排,司机斜后方的座位上。汽车一阵晃动开起来,城外的马路有点颠簸,这时夕阳从汽车狭窄的后窗透进来,车厢里面很暖和,像晃满了一厢金光闪闪的水。外面很亮,照得人睁不开眼睛,这片金光让车厢里的一切变得混沌,后面的人声嗡嗡响,传达出人世间的暧昧。家骝感觉手脚都有点酥软,但是四肢百骸又格外舒服,他懒得动弹,像浮在一种云彩里,又像睡在一胞温暖的液体中间……前方很亮,在闪烁发光,如同一片璀璨星云,五颜六色,又有点纷乱,人在微微摇晃之中逐渐趋近。此刻,他的意识还是清爽的,只是在心底里产生一丝疑惑:自己正是从那个所在出来,现在怎么却又往回走呢?

他听到了自己的呼吸,以及偶尔发出的低低的、疲倦的鼾声……